Andrey Shinegom

Leben als Balkonyogi

Andrey Shinegom

Leben

als

Balkonyogi

Lektorat: Sabine Sharma

Herstellung und Verlag: BoD – Books on Demand, Norderstedt

1. Auflage 2018

ISBN 978-3-7460-4417-0

Inhaltsverzeichnis

Vorwort

Vor ein paar Jahren habe ich über den Sterbeprozess von Irmgard Koch ein kleines Buch geschrieben. Sie litt viele Jahre an Krebs, begleitet von Schmerzen, Übelkeit und anderen Schwierigkeiten. Medikamente lehnte sie ab, um sich nicht den Geist zu vernebeln. Sie nutzte ihr Leiden, um ihre Meditation zu vertiefen. So schaffte sie es, ihren Schmerz umzukehren und glückselige Zustände zu erfahren, die mit Einsichten in die Buddha-Natur verbunden waren.

Nun bin ich nicht mehr so knackig, genau genommen bin ich ein alter Sack. Da muss ich dann schon mal hin und wieder an meinen Tod denken, frage mich natürlich auch, ob ich das schaffen würde, was Irmgard geschafft hat.

Ja, leider ist meine Prognose negativ. Ich habe einfach zu wenig meditiert, Buddhismus mehr als Entertainment verstanden. Mit grauem Bart und weißen Haaren, eher dem Phänotyp eines AFD-Wählers entsprechend, habe ich mich nun entschlossen meine weltlichen Aktivitäten zu reduzieren und Yogi zu werden.

Es ist jetzt zwei Jahre her, als ich begann regelmäßig zu meditieren und wieder buddhistische Lehrer für Erläuterungen aufzusuchen. Ich bin eigentlich sehr zufrieden mit meinem neuen Leben. Für Buddhismus interessiere ich mich schon seit 40 Jahren, war häufig in Nepal und habe noch einige der großen Meister des 20. Jahrhunderts, Dilgo Khyentse, den 16. Gyalwa Karmapa und Tulku Urgyen, erleben dürfen. Nach ihrem Tod praktizierte ich jedoch nicht intensiv – es wird also höchste Zeit.

Ich will jetzt ein bisschen von meinem Yogileben erzählen, egal ob ihr Buddhisten seid oder euch einfach für euren Geist interessiert – wie er funktioniert und wie man mit ihm arbeiten kann.

Yogi zu sein ist eine Abkehr vom materialistischen System. Das ist aber eigentlich nichts Besonderes, weil sich ja jeder mit dem Aufgeben seines materiellen Körpers im Tod vom materialistischen System abwendet.

Genau genommen verlasse ich auch während des Schlafs und des Traums meinen Körper und wende mich in meinem Erleben vom Materiellen ab. Ebenso in Ekstase oder im Koma ist der eigene Körper nicht die materielle Grundlage, die man üblicherweise kennt.

Sogar beim Sex gibt es Menschen, die subjektiv ihren Körper verlassen und manchmal sogar das Geschehen von oben betrachten. Ich gehöre nicht dazu, aber bei Männern ist es ja auch seltener.

Nach meinen Recherchen in der Medizin und Neurowissenschaft werden manche Prozesse, die den Geist betreffen, nicht hinreichend verstanden. Das gilt u. a. für Schlaf und Traum und auch für die Übergänge zwischen verschiedenen Geisteszuständen. Ebenso beim Koma und der Ekstase sind die Prozesse medizinisch nicht klar. Dass hier eine erhebliche Forschungslücke besteht, zeigt beispielsweise die Entdeckung des Glymphatischen Systems erst 2013 (M. Nedergraard, Steven A. Goldman: Universität Kopenhagen und Rochester NY). Dies sind die Kanäle, die die Abfallstoffe in unserem Gehirn ableiten, also die Müllabfuhr für unser ZNS – Reinigungsvorgänge, die überwiegend im Schlaf und Traum ablaufen. Erst in neuesten Untersuchungen wird diskutiert, ob Prozesse im Glymphatischen System auch eine Ursache für Demenz und manche Schlaganfall-Arten darstellen könnten. Offenbar gibt es große Lücken beim Verständnis der physiologischen Grundlage unseres Bewusstseins. Ich persönlich halte die medizinische Forschung, wenn es um den Geist geht, für einseitig. Außerdem zu stark auf Medikamente und Zellprozesse fixiert. Unser geistiges System wird eben nicht als Ganzes betrachtet und verstanden, sondern die medizinische Forschung und Therapie ist auf Besonderheiten und Krankheiten fixiert.

Ich möchte nicht als Pillenzombie meinem Tod entgegenwackeln. Mir geht es als Yogi darum, meinen Geist zu verstehen, egal ob ich wach bin, träume, schlafe oder körperliche Beschwerden habe, – die Achtsamkeit, die Klarheit zu erhöhen. Ich sitze auf meinem Balkon und gönne mir Ruhe. Völlige Ruhe. Sitze mit offenen Augen unbewegt da und erlebe die Welt, die sich in mir und um mich herum ereignet. Ich bin wach und bekomme alles mit, verstehe es auch, aber kümmere mich nicht darum, laufe nicht allem nach, verhafte nicht mit den Reizen und meinen Gedanken; befinde mich in einem ungehemmten, leichten, wohltuenden Erfahrungskontinuum.

Das ist ein Teil meiner Yogi-Beschäftigung. Selbstverständlich und automatisch lerne ich mich selber auch besser kennen – meine schüchternen Tendenzen, meine Lebenserinnerungen, meine Abneigungen und Ängste und meine Freuden und Glücksmomente. Offen, entspannt und nicht verhaftet stelle ich dann in weiteren Übungen eine Beziehung zu den Menschen und Tieren her, die mich umgeben – auf meinem Balkon, in der Nachbarschaft – zu den Vögeln, den Babys, die ich höre, den Bauarbeitern. Ich richte meinen Geist nach außen. Meditation ist nicht ein Abschotten, sondern ein Öffnen, für alle inneren und äußeren Prozesse.

Auf meinem Balkon praktiziere ich also völlige Ruhe und völlige Gedanken- und Reizintegration. Am Anfang und am Ende einer

Sitzung wünsche ich den Lebewesen um mich herum alles Gute. Sowohl Tieren als auch Menschen. Dies sind wichtige Impulse für die soziale Ausrichtung, ohne die ich meine Egomanie nicht überwinden werde.

Im fortgeschrittenen Stadium – nach Monaten oder Jahren der Vorbereitung – simuliere ich dann meinen Tod durch die Phowa-Meditation sowie die Tschö-Praxis und lerne Traumyoga, meine Träume bewusst zu lenken und zu erleben.

Über diese und andere Erfahrungen möchte ich hier berichten.

Anfang des Yogilebens

Der Knackpunkt: Festhalten und Loslassen

Beim Gehen, beim Atmen, beim Zufassen, auch beim Erblicken von Objekten, bei nahezu allen Handlungen gibt es eine Phase des Festhaltens und eine Phase des Loslassens. Die allermeisten Prozesse sind im Laufe unseres Lebens Automatismen geworden, Teil des ständigen Flusses von Bewusstseins- und Absicherungsroutinen, planenden und wertenden Gedanken, Handlungsimpulsen und konkreten Handlungen.

Manche Menschen empfinden, dass einige Prozesse gestört sind, sie öfter nicht mehr loslassen können. Es gibt Personen, die aus ihrem Besitz nichts wegwerfen können, andere, die nicht problemlos ihre Toilette verrichten können, obwohl keine Verstopfung oder Erkrankung vorliegt. Es gibt Menschen, die sich Tag für Tag stundenlang Gedanken über das gleiche Thema machen, ohne es ändern zu können und ohne dass es wirklich Relevanz für ihr Leben hat.

Es gibt Menschen, die einfach unglücklich sind, weil sie, wie von einem Dämon besessen, immer über ihre eigenen Angelegenheiten nachdenken müssen und die Außenwelt als faden Schwarz-Weiß-Film erleben, der in ihnen keine Freude entfachen kann.

Diese Menschen gelten dann oft als unsympathisch, schlecht gelaunt, starrköpfig, egoistisch, depressiv u. a.

Dabei haben sie einfach nur ein Problem mit dem Loslassen-Können.

Die Notwendigkeit, Loslassen zu üben, wird in unserer Kultur stark unterschätzt. Ziele erreichen, durchhalten, sich durchsetzen – ja ... aber loslassen können?

Loslassen ist eine völlig neue Welt. Wie Tauchen im Korallenmeer, wenn ich vorher nur rote Plastikringe vom Boden des Nichtschwimmer-Beckens aufgehoben habe. Eine Welt, die fast allen meinen bisherigen, alltäglichen Gewohnheiten und den gesellschaftlichen Normen, in denen ich mich befinde, widerspricht. Eine totale Revolution. Ich lenke mich nicht mehr ab! Also zumindest zeitweise. Arbeit, Musik, Filme, soziale Netzwerke, telefonieren ... Ich bin ständig auf der Flucht vor mir. Will vergessen, will mich beschäftigen, gut drauf bringen, andere Teil meines Lebens sein lassen ... Mich verstehen, mich erkennen, mich lieben lernen – kommt nicht vor. Ablenkung heißt meine Droge.

Das beende ich jetzt als frisch gebackener Yogi, auf meinem Balkon und manchmal auch im Zimmer.

Loslassen ist ein zentraler Punkt in meinem Yogidasein – von Programmen, Überzeugungen, Vorstellungen, Positionierungen, Gedanken, Selbsteinschätzungen, Zielen ... Mein Leben kann weitergehen wie immer, meine Ausrichtung ändert sich. Das übe ich.

Unendlichkeit erleben

Wenn ich in den Urlaub ans Meer fahre, sagen wir mal so richtig 5 Sterne, auf die Malediven oder nach Goa – was ist da eigentlich so schön? Ja, das Meer, die leichte Brise, der Sand, der Himmel, der Sonnenaufgang, der Sonnenuntergang usw.

Es fällt mir auf, dass das alles mit Unendlichkeit zu tun hat. Der Himmel ist unendlich, das Ende des Meeres kann ich nicht erkennen, die Sonne mit ihrer subjektiv grenzenlosen Energie im unendlichen Raum, die Brise hat kein Anfang und kein Ende.

Intuitiv strebe ich nach einer Verschmelzung mit der Unendlichkeit. Und empfinde das als angenehm, als meinen Wünschen entsprechend.

Doch, wenn ich jetzt einmal ganz ehrlich zu mir bin: Das ist zwar alles richtig, aber es gibt da manchmal diese Störfaktoren. Mal quatscht die Freundin zu viel, oder ich hätte lieber eine andere. Oder sie will nicht, wie ich selber möchte. Vielleicht hat das letzte Essen Durchfall hervorgerufen. Vielleicht nerven jetzt die Strandverkäufer ... Ich bin angetan von meinen Urlaubsunendlichkeiten, aber der Genuss ist nicht wirklich andauernd und perfekt.

Möglicherweise ist aber auch in der Außenwelt alles wunderbar, doch es kommen Störimpulse aus mir selber heraus. Komische Erinnerungen, Gedanken an politische Themen, unerklärliche schlechte Laune, Müdigkeit ...

Irgendwie kann ich mein Programm im Kopf nicht abschalten. Ich erkenne das als Problem, aber ich kenne keine Lösung. Ich empfinde meinen Urlaub durchaus als schön, aber irgendwie verstehe ich, dass ich meine Probleme und geistigen

Gewohnheiten mitgenommen habe. Ich kann nicht wirklich und dauerhaft genießen, nicht umschalten.

Den Körper mit seinen Sinnesorganen etwa am Strand dem unendlichen Raum und Meer auszusetzen, ist für mich eine schöne, oft befreiende Erfahrung. Doch das allein führt nicht notwendigerweise zu umfassendem Genuss. Dabei die Unbegrenztheit, die Unendlichkeit des eigenen Geistes zu erkennen, ist der wichtige Aspekt. Und daran hapert es leider noch bei mir. Eben diese Sorgen, Ängste, Erinnerungen, Simulationen – kurz die diskursiven Gedanken stecken mich in eine Gefängniszelle.

Der Trick besteht nun aus zwei Schritten. Zunächst gilt es zu erkennen, dass dem so ist: Ich kann die Unendlichkeiten nicht wirklich erleben, weil ich von meinen diskursiven Gedanken immer wieder eingeholt werde.

Der zweite Schritt ist, diese eigenen Gedanken nicht als Feinde zu betrachten, sondern sie zu akzeptieren und sich dann immer wieder auf die Unendlichkeit auszurichten.

Ich habe einmal eine ganze Nacht am Meer auf Kreta unter freiem Sternenhimmel verbracht, nur auf dem Rücken gelegen und in den Himmel geschaut. Natürlich kamen alle möglichen Gedanken und Erinnerungen, die mich ablenkten. Aber ich habe trotzdem immer wieder meinen Geist auf einen Stern fixiert und auf den unendlichen Raum mit seinen unzähligen Sternen. In diesem sanften Wechsel von Gedanken und Himmelsraumerfahrung habe ich einen noch nie gekannten glückseligen Zustand erlebt.

Meine Stimmung hat sich dann in den nächsten Tagen wieder meinem Normallevel angenähert, es blieb aber eine wichtige Erinnerung.

Jetzt ist mir klar, dass die Erfahrung von Unendlichkeit als natürlicher Zustand meines eigenen Geistes einen sehr heilsamen Einfluss auf meine leidvollen Gedankengewohnheiten haben kann.

Es muss nicht am Meer sein, es muss nicht unter dem Sternenhimmel sein, es muss auch nicht im Urlaub sein. Aber diese Orte können bei einer initialen Erfahrung helfen.

Unendliche Weite nach Auflösen von diskursiven Gedanken zu erleben, ist weder an Ort noch an Zeit, noch an Situation gebunden. Wichtig ist zu verstehen, dass es nicht um den Sternenhimmel, nicht um den unendlichen Raum, sondern nur um die Unendlichkeit im eigenen Geist geht. Ich will nichts künstlich hervorrufen, sondern erkenne lediglich etwas, das schon immer da ist.

Diese Erfahrungen und dieses Wissen helfen mir dann auch während des Sterbeprozesses und beim Tod. Denn was die Probleme verursacht, ist genau dasselbe diskursive Denken, das mich auch im normalen Wachzustand gefangen hält.

Wenn ich während des Meditierens in den Himmel schaue und nichts fixiere, erinnere ich mich gleichsam an die Unendlichkeit meines Geistes, verbinde Innen und Außen. Die visuelle Unendlichkeit ist nur ein Hilfsmittel, weil die Unendlichkeit meines Geistes ja nie verschwunden war und unabhängig von der Außenwelt ist.

Es klappt

Ich wollte immer einmal ein Tagebuch schreiben, meine Erfahrungen, meine Erinnerungen, meine Ideen festhalten – später vergleichen. Hab ich aber nicht.

Ich wollte immer einmal ein Stundenbuch schreiben, was ich so Stunde um Stunde gemacht habe, wie ich mich fühlte, meine Ideen festhalten – später vergleichen. Hab ich aber nicht.

Ich wollte immer mal ein Minutenbuch schreiben, was ich so ...

Ich wollte immer mal ein Sekundenbuch schreiben, was ich so ...

Ich wollte immer einmal ein Zehntel-Sekundenbuch schreiben, was ich so gemacht habe, wie ich mich fühlte, meine Ideen festhalten und später vergleichen.

Ähhh?

Ja, jede Beschreibung von persönlichen Erfahrungen, egal welche Zeiträume sie betrifft, ist eine Verfälschung, eine Verkrüppelung. Weil einfach in jeder Zehntel-Sekunde wahnsinnig viel passiert, das mit Worten unmöglich auszudrücken ist.

Ein Beispiel aus meinem Yogileben: Ich sitze im Sommer wieder einmal auf dem Balkon. Mein Blick in den blauen Himmel wird jedoch häufig gestört von tieffliegenden Schwalben. Sie donnern mit einem Affenzahn, so 60–90 km/h nur zwei Meter an meinem Balkon vorbei. Sie fangen Insekten – aber wie machen sie das? Sie müssen in einer Hundertstel-Sekunde das Insekt erkennen, ihre Flugbahn korrigieren und es genau in ihren Schnabel einfliegen lassen. Genial, diese Schnelligkeit. Und sie machen es nicht ein- oder zweimal, sie machen es Stunden am Tag. Und stören dabei meine Meditation.

Außerdem bilden sie Gruppen am Himmel, die wie Jagdflieger Formationen bilden und sich dann wieder auflösen. Für eine halbe, eine oder zwei Sekunden. Dann wieder die nächste Formation. Unglaubliche Geschwindigkeiten, Flexibilität und Präzision. Ich habe noch nie einen Zusammenstoß gesehen. Und ich sitze oft auf meinem Balkon.

Jetzt wird mir klar: Ich bin einfach zu langsam. Wie in dem alten Western: »Warum hast du ihn erschossen, Bill?« – »Er war zu langsam.« Entschuldigung für den Vergleich …

Ja, ich habe oft das Gefühl, als würde eine zähe Masse mein Denken, mein bewusstes Erleben behindern. So wie das falsche Motoröl bei –30° C den Automotor daran hindert, rund zu laufen. Oder im Sommer zu dick angezogen sein, oder gerade von der großen Liebe gehört zu haben, dass sie keinen Kontakt mehr zu mir haben will … So etwas Hemmendes, Lähmendes.

Ja, ja, ja, Dopaminmangel, Serotoninmangel … Nein, das meine ich nicht. Diese Hemmung ist auch da, wenn es mir gut geht, wenn ich fit bin – dann allerdings etwas schwächer ausgeprägt.

Ich glaube, es hat viel mit der verbalen Zwangsjacke zu tun. Alles in Worte übersetzen, alles durch Worte simulieren, zu versuchen Gefühle mit Worten abzublocken, eine Wort-Ich-Blase um mich herum aufrecht zu erhalten. Ich kann es nicht genau sagen, es sind eben alles nur Worte.

Ja, und dann gibt es da auch noch diese Führerworte, die Hitlers, Stalins, Kim Il Sungs, die absoluten Gehorsam befehlen. Das ist die Dominanz von Zweifel, Unterlegenheit, Überlegenheit, Zielausrichtung, Kausalverhaftung. Sie triggern die Worte im Kopf und befeuern ihre Wiederholung. Sie werde ich nicht los – bei jedem Gedankenspiel sitzen sie mit am Spielertisch.

Das kennen die Schwalben so nicht. Auch der Formel-1-Fahrer hat keine Zweifel, sonst wäre er tot.

Also, ich habe jetzt verstanden: Ich werde von Kräften dominiert, die mich verlangsamen und mir die Stimmung vermiesen. Das mag beim Abendessen oder beim Spielen mit dem Hund nicht so auffallen und nicht als so essenziell erscheinen. Bei der Vorbereitung auf den Tod ist es jedoch wichtig.

Verstrickt-Sein in Zweifel, Erfolgswille und alle möglichen verbalen Abläufe verhindern einfach die Öffnung. Die Öffnung des eigenen Geistes für seine grenzenlosen Möglichkeiten und die grenzenlose Welt, in der wir uns befinden. Die Metamorphose vom Käfig-Wellensittich zur frei fliegenden Schwalbe ... Die dann mit ihren Flugmanövern meine Meditation stört. Wenn die Schwalbe losfliegt, fühlt sie (sie spricht ja nicht): Es wird schon klappen.

Nicht: Es könnte anfangen zu regnen, also besser kein Risiko eingehen. Auch wenn ich kein Insektenfresser bin, als Yogi habe ich das Motto von den Schwalben übernommen: Erleuchtung vor dem Tod? Es wird schon klappen. Mitgefühl für alle Lebewesen bei einem Soziopathen wie mir? Warum nicht – es wird schon klappen. Mich als leuchtenden Buddha erleben – warum nicht, es wird schon klappen.

Wenn der Zweifel zu sehr nervt, kann man ihn ja auch ab und zu aufgeben, abschneiden oder sprengen – wie man möchte. Es ist auf Dauer ja auch langweilig, immer nur Zweifel zu haben.

Jetzt aber mich nicht missverstehen: Zweifel aufzugeben ist keine Glücksgarantie. Wenn man das Auto volltankt, ist man noch keine 700 km gefahren. Aber man könnte es.

Stimmungsschwankungen beim Yogi sind normal. Durch zeitweiliges Ablegen der verbalen Ketten und dem Überwinden der diskursiven Gedanken hat er zwar die Tür für die große

Glückserfahrung geöffnet, aber das Universum kann auch zurückschlagen. Sowohl höchste Glückserfahrung als auch tiefste Depression und Angst gehören zum Repertoire des Yogi. Die Übung besteht gerade darin, dies gleichmütig zu erkennen und die Nicht-Wirklichkeit in Vergänglichkeit zu erleben.

Manchmal fühlen sich psychisch instabile Menschen vom Yogileben angezogen, weil sie glauben es gut nachempfinden zu können. Die buddhistischen Lehrer warnen jedoch davor, Meditationspraxis als Ersatz für Therapie anzusehen. Der Yogi macht seine Übungen als normaler, geerdeter Mensch und nicht mit der Absicht, irgendwelche Glücks- oder Unglückserfahrungen zu machen. Versenkung ist ein waches Hier-Sein, kein abgespaceter Trip.

Ja, und dann noch eine Richtigstellung: Nach dem Verhalten der »Schwalben« handelt es sich um Mauersegler – darauf hat mich erst ein Ornithologe gebracht.

Die Liebesbeziehung des Yogi

Der Yogi hat die Einsamkeit gewählt, startet eine teilweise Askese, hat seine sozialen Verbindungen verringert oder aufgegeben und beschäftigt sich mit Geisteserkenntnis. Er bereitet sich auch auf den Tod vor, in den man ja bekanntlich alleine geht. Er hat die Kommunikationssucht überwunden, fühlt sich zwar in Liebe und Mitgefühl den Lebewesen verbunden, aber frönt nicht dem ständigen verbalen Austausch.

Wichtig ist zu erkennen, dass die Askese jedoch nicht der Kernpunkt des Yogi-Daseins darstellt. Es ist vielmehr das Erkennen der eigenen Sucht; Erkennen eröffnet die Tür zum Loslassen. Der Yogi muss da nicht hindurchgehen, aber durch das Erkennen besitzt er jetzt den Schlüssel für die Tür. Sein Hauptinteresse sind die Filme im eigenen Geist. Die Filme erlebt er, betrachtet sie, beendet sie, schaut neue ... – das alles mit Chips, Flips, Tortillas, Cola und Popcorn. Er nimmt die Filme nicht ernst.

Nun zurück zu mir, ich sitze also im Sommer nach einem reinigenden Gewitter auf meinem Balkon und schaue in den Himmel. Angenehmer Geruch, angenehme Geräusche (Vogelgezwitscher, leise Kinderstimmen ...), fliegende Schwalben, Tauben und Elstern ... und erlebe meine gedanklichen Filme. Dann taucht ein kleines Insekt auf, wohl eine Taufliegenart, direkt vor meiner Nase. Schon arg nah. Jetzt kann ich mich glücklich schätzen: Ich verweile gerade im Gedanken-Loslass-Modus. Mir kommt also nicht sofort der Gedanke: Fliegt die mir ins Auge, Scheiß Teil – die stört mich, am besten totschlagen ... Stattdessen spüre ich Liebe zu diesem Lebewesen: Der erste mentale Impuls nach dem Sehen und Erkennen des Objekts, praktisch nach einer Sekunde. Ich folge mit den Augen der kleinen Fruchtfliege und erlebe sie, solange ich sie sehe, als Lebewesen, als fühlendes Wesen, als mir sehr nahe stehend.

Dies war also das glückliche Zusammentreffen von Ruhemeditation mit dem Abschneiden von Gedanken und dem automatischen Auftauchen von Liebe zu anderen Lebewesen. Kleine Kinder erleben das auch manchmal so.

Wenn ich jetzt im Nachhinein frage, wie es kam, dass ich die Fruchtfliege nicht als störendes Objekt, als Feind, sondern als Liebesobjekt gesehen habe, teile ich die ein bis zwei Sekunden des Erblickens in z. B. Zehntel-Sekunden auf: Zunächst bewegt sich etwas Kleines vor mir, dann erkenne ich, dass es nur wenige Zentimeter vor meinen Augen ist, dann sehe ich, dass es fliegt, dann folgere ich, dass es ein Insekt ist, dann erkenne ich, dass es ein harmloses Insekt ist, dann verstehe ich, es ist eine Fruchtfliege – es sind jetzt weniger als zwei Sekunden vergangen, das gedankliche Großprogramm ist noch nicht angelaufen. Statt es zu starten, entspanne ich mich – ruhig atmend betrachte ich die Fliege vor meiner Nase. Durch die Entspannung haben meine gewohnheitsmäßigen Aversionen gegen Insekten nicht Platz ergriffen. Die Entspannung führt spontan zur Liebe dieses Lebewesens. Dass es spontan geschah, ist eine besondere Qualität: Es ist ein Erleben meiner Natur – ich bin so – mit und ohne Buddhismus. Es gab da keinen Buddha, der mir dieses vorgegeben hatte, dessen Anweisungen ich gefolgt wäre – es war völlig spontan und natürlich. Das ist der springende Punkt.

Ein Yogi-Dasein zu fristen, ist vergleichbar damit, Hausmeister zu werden: Ich besorge mir erst einmal jede Menge Schlüssel. Die wichtigsten Schlüssel sind: Ruhe, Gedanken erkennen und loslassen, sich Zeit nehmen mit dem eigenen Geist zu arbeiten, die Umweltreize willkommen heißen, ebenso die eigenen Gedanken. Meine geistigen Mechanismen, Probleme und Emotionen erkenne ich, wenn sie ablaufen. Meine angenehmen und meine unangenehmen. Ich erkenne meine mich steuernden Programme, weil ich nicht mehr so an meinen Gedanken klebe.

Dieses Gewahr-Werden meiner selbst ist ein inklusiver Prozess – eine Akzeptanz meiner Geistesabläufe, kein exklusiver, der bewerten, ausschließen oder beeinflussen würde – er ist somit auch nicht intellektuell oder verbalfixiert. Einfach loslassen, die Welt erleben.

Westliches und östliches Denken

Problematisch empfände ich es, wenn ich euch, liebe Leser, erklären würde, wie ihr genau meditieren sollt. Dafür ist es besser, einen Meister aufzusuchen, einen kompetenten Lehrer, der das lebenslang praktiziert hat. Ich gebe hier nur Tipps, kleine Appetizer. Schon das Wort Meditation führt leicht in die Irre. Es heißt im Tibetischen *gom,* was bedeutet: sich gewöhnen, sich vertraut machen, üben. Der aus der christlichen Kultur stammende Begriff Meditation (lat. *meditatio*: das Nachdenken, die Studie) geht jedoch in Richtung Fixierung, Konzentration auf etwas, Nachdenken über etwas – das ist mit *gom* nicht gemeint.

Wir in Europa oder Amerika – ich nenne uns einfach einmal Westler – haben eine andere Denkweise als Buddhisten oder Hindus in Asien. Meditation sehen wir als eine Methode, eine Technik an, durch die wir ein Ziel, etwa einen neuen Geisteszustand, erreichen wollen. Wir wollen wegkommen von unseren Problemen und ein Mittel erlernen, das uns beruhigt oder beseelt. So ein bisschen wie Ecstasy und Valium zusammen.

Das ist leider ein Missverständnis. Die buddhistische Meditation (tibetisch *gom*) hat weder den Aspekt der geistigen Veränderung noch den eines Zieles, das durch sie erreicht wird. Es gibt auch keinen Wettbewerb, kein Fußball, keine olympischen Spiele. *Gom* ist Loslassen, sich an den befreiten Zustand gewöhnen, ihn einüben. Ich bin seit ewigen Zeiten in Problemen, in Leiden, im *Samsara* befangen – jetzt gönne ich mir Zeit, meinen ursprünglichen, befreiten Geisteszustand zu erleben, dessen ich mir etwa noch als kleines Kind kurzzeitig bewusst war und der nie wirklich verschwunden war. Ich gewöhne mich an eine reine, strahlende Welt, vergleichbar einem Hologramm, die aber meine eigene Natur ist und schon immer war. In den alten Überlieferungen wird es auch als *alles als göttlich erleben* beschrieben. Das ist *gom* in seiner ursprünglichen Bedeutung. Ich kann natürlich auch Konzentrationsübungen machen, mir vornehmen eine Stunde zu meditieren, also ein Ziel erreichen wollen. Das sind aber nur Nebenaspekte – der Kernpunkt ist das Erleben in Gegenwärtigkeit, das wird geübt. Ziele sind zweitrangig, nur Mittel zum Zweck. Zielfixierung, Verbissenheit wird aufgegeben, *gom* ist entspannt und klar, nicht fordernd.

Darüber bekommen manche Westler – darunter auch ich – leicht Kopfschmerzen. »Die höchste Meditation ist die Nicht-Meditation« – das ist ja schlimmer als »Ich weiß, dass ich nichts weiß – und das weiß ich nicht genau« von unseren Kulturvätern Plato und Sokrates.

Da muss ich aber durch und da hilft nur eins: Entspannen. Auf meinem Balkon als Balkonyogi.

Doch mit der Sprachverwirrung, dem Missverstehen des Buddhismus aus sprachlichen Gründen, kommt es noch schlimmer. Die grundlegenden Aussagen Buddhas, in seiner ersten Lehrrede nach seiner Befreiung, gehalten vor 2 500 Jahren in Ostindien, sind die vier Wahrheiten:

Da ist die edle Wahrheit über das Leiden;

die edle Wahrheit über die Entstehung des Leidens;

die edle Wahrheit über die Beendigung von Leiden;

und die edle Wahrheit über den Pfad der Ausübung, der zur Beendigung des Leidens führt.

Zur ersten Wahrheit, Buddha wörtlich:

»Das Leben im Daseinskreislauf ist leidvoll: Geburt ist Leiden, Altern ist Leiden, Krankheit ist Leiden, Tod ist Leiden; Kummer, Lamentieren, Schmerz und Verzweiflung sind Leiden. Gesellschaft mit dem Ungeliebten ist Leiden, das Gewünschte nicht zu bekommen ist Leiden ...« (Quelle: Wikipedia, Abruf 14.2.2018)

Das Problem: Buddha hat nicht von Leiden gesprochen. Es ist ein westlicher Begriff, der die Aussage Buddhas nicht ganz richtig wiedergibt.

Buddha sprach von *Dukkha,* was eben missverständlich mit *Leiden* übersetzt wird. Das Wort besteht aus den Silben *du* und *kkha. du* bedeutet etwas Negatives, etwas, was nicht richtig ist. *kkha* bedeutet die Nabe eines Rades. *Dukkha* ist also das schlecht sitzende Rad in einer Nabe (eines Ochsenkarrens) – ein wackeliges Rad. Übertragen heißt es *nicht stimmig, unpassend.* Es geht um etwas Unpassendes: Die Trennung von geliebten Menschen ist unpassend, eine Krankheit ist unpassend, der Alterungsprozess ist unpassend und auch der eigene Tod passt mir nicht ins Programm. Dieses Erleben, immer »am falschen Ort zur falschen Zeit« zu sein, das ist *dukkha.* Auch: Immer zu wünschen und zu hoffen, an Vergangenheit und Zukunft zu kleben, die Gegenwart nicht klar erkennen und genießen zu können – auch das meint *dukkha.*

Und das überwinde ich durch die Lehre Buddhas. Das ist das Herzstück des Buddhismus. Mein westlicher Leidensbegriff trifft die Aussage nicht so, wie sie gemacht wurde. Genau genommen ist *dukkha* unübersetzbar, ebenso *gom.* Ende des 19. Jahrhunderts wurden die Reden Buddhas erstmals von Hermann Oldenburg ins Deutsche übersetzt (erschienen 1881). Er übersetzte *dukkha* mit *Leiden,* weil er im westlichen, christlichen Denken seiner Zeit befangen war und es eben keine griffige Alternative gab. Alle späteren Übersetzer haben dies einfach übernommen. Um keine Verwirrung zu stiften, benutze auch ich das Wort *Leiden* weiter. Bitte aber darum, zu verstehen, dass Buddha eher *nicht passend* gemeint hat.

Große Freude

Grundlegendes Wohlsein

Zu Beginn einer Meditationssitzung setze ich mich bequem hin und entspanne meinen Körper. Die Augen sind offen und der Atem kommt automatisch ohne Anstrengung. Das ist der Grundmodus, von dem aus verschiedene Übungen gestartet werden. Durch die Ruhe, das Loslassen von Zielen und Zwängen und die Entspannung des Körpers kommt automatisch spontane Freude auf. Freude am So-Sein. Diese Erfahrung ist wichtig, weil sie die Grundlage darstellt. »Freude erfahren durch Aufgeben«, eben nicht durch das Anstreben eines Ziels.

Diese Anfangsfreude heißt »grundlegendes Wohlsein«. In der buddhistischen Lehre zieht sie sich wie ein roter Faden durch alle Unterweisungen.

Wenn ich Tauchen im Korallenmeer lernen möchte, muss ich erst einmal Schwimmen lernen, dann Schnorcheln, dann Pressluft-Atmen, Taucherkommunikation, Dekomprimierung ...

Schwimmenlernen entspräche dem Erlangen des »grundlegenden Wohlseins«. Es ist genauso Freude, wie sie auch bei einem Erfolg entsteht – nur hat sie keine Ursache. Sie entsteht spontan, automatisch. Sie ist schon natürlich in meinem geistigen System vorhanden. Diese Erkenntnis klingt etwas gewöhnungs-bedürftig.

Grundlegendes Wohlsein kann völlig spontan, bei einem Spaziergang, im Zug, in der Küche oder auf der Toilette auftreten. Plötzlich ist es da (mir schon passiert). Es kann aber auch als fortwährendes Hintergrundmuster vorhanden sein. Es geht um

Loslassen von Gedanken-Konglomeraten sowie Hingabe zum Buddha oder einem großen Meister, als Wesen, die eben diese Freude schon realisiert haben.

Loslassen von Gedanken und Gedanken-Konglomeraten ist eine tägliche Meditationspraxis. Es ist nicht nur angenehm, sondern auch ein Zeichen dafür, dass Versenkung richtig praktiziert wird. Die Vorstellung, dass es das Ziel der Meditation wäre, wird wie die anderen Gedanken losgelassen.

Die fünf Freuden – Verzückungen (Pali[1]: *piti*)

In den über zweitausend Jahre alten Schriften, die auf Buddha persönlich zurückgehen, werden verschiedene Stufen der Freude (Verzückung) erwähnt. Für jede Stufe gibt es einen eigenen Begriff in Pali bzw. Sanskrit. Die Perfektionierung der fünf Freuden führt dann zu weiteren Qualitäten, die sich anschließend manifestieren können. Buddha spricht in den Schriften die Mönche persönlich an – es geht also um Freuden, die aus der Meditation und aus dem Verständnis der Buddhistischen Lehre hervorgehen.

Der Buddhismus wird nach meiner Überzeugung im Westen oft völlig falsch verstanden. Ich sehe ihn nicht als Religion oder Glauben an, sondern alleine als Heilslehre. Ein Weg zur Beendigung aller persönlichen Leiden. Buddha ging es nicht um Leiden, sondern um Befreiung vom Leiden – durch Erkenntnis der eigenen Geistesnatur. Diese manifestiert sich spontan, weil sie schon immer in mir ist. Ein Fingerzeig darauf ist die absolute Freude, die beim Meditierenden erscheint, wenn er in Ruhe die Welt klar erlebt.

---

[1] Die Sprache des Buddha war Pali. Einige Begriffe gebe ich hier im Original an. Es existierte aber auch die Gelehrtensprache Sanskrit, deren Begriffe in anderen Kapiteln gelegentlich erscheinen.

Absolute Freude taucht ohne äußeren Grund oder Anlass auf und ist auch nicht abhängig von einer Stimmung, einem Tagesablauf oder einer Technik. Sie manifestiert sich spontan, grundlos. Auch wenn Parallelen zu sexuellen Prozessen bestehen, ist absolute Freude mit Klarheit und Achtsamkeit verbunden und nicht mit Anhaftung wie bei der Sexualität.

Fortgeschrittene Meditationen bestehen auch darin, aufkommender absoluter Freude keine große Beachtung zu schenken und sie loszulassen, statt sie zu befeuern. Freude (*piti*) gilt als positives Symptom und wird in den Lehrreden des Buddha (*Satipatthana Sutta*) so beschrieben:

1. Stufe: Leichte Verzückung (Pali: *khuddika piti*)
   Diese Freude vermag ein leichtes Haarsträuben zu erzeugen.

2. Stufe: Momentane Verzückung (Pali: *khanika piti*)
   Diese gleicht einem von Augenblick zu Augenblick zuckenden Blitz.

3. Stufe: Überströmende Verzückung (Pali: *okkanitika piti*)
   Sie wird mit Meereswogen verglichen, die das Ufer wiederholt überfluten. Genau so wird der Körper des Meditierenden von Wogen der Verzückung wiederholt durchflutet.

4. Stufe: Emporsteigende Verzückung (Pali: *ubbega piti*)
   Diese Freude scheint den Körper in die Höhe steigen zu lassen, man empfindet ihn als schwerelos.

5. Stufe: Durchdringende Verzückung (Pali: *pharana piti*)
   Der Körper wird in allen seinen feinen Verästelungen von Freude durchdrungen und als Gefäß des Glücks erlebt.

Noch einmal wiederholt: Diese fünf Stufen der Verzückung sind spontan im Geist entstehende Prozesse, die nicht willentlich angestrebt werden und kein Meditationsziel darstellen. Wenn man auf diese Weise den Geist trainiert, sind die fünf Verzückungen ein sogenanntes »Erleuchtungsglied«, eine Geistesverfassung, die automatisch Gier, Aversion und Dummheit überwindet. Dies ist der Fall, weil die absolute Freude (Verzückung) von innen heraus glücklich macht und so Unabhängigkeit von Außenobjekten erlangt wird. Ich bin glücklich nicht aufgrund eines Umstandes, sondern weil es seit jeher meine Natur ist. Deshalb stellen Außenreize keine Belastung, keine steuernde Instanz mehr für mich dar.

Die Freuden erlebend, haftet der Meditierende jedoch nicht an ihnen an, sondern sitzt in Ruhe und Stille und erlangt Klarblick. So erfährt er das nächste Erleuchtungsglied: die Gestilltheit (*citta-passaddhi*).

Hört sich ja alles schön an, möchte man auch gerne mal erleben – aber wie – und hat man überhaupt eine Chance? Entscheidend ist, dass man sich nicht hinsetzt, um Freude zu erleben. Alle Erwartungen werden aufgegeben und man arbeitet mit dem, was kommt. Verzückung kommt automatisch irgendwann im Geist auf, wenn er trainiert ist. Er wird trainiert durch Achtsamkeit (*Sati*).

Achtsamkeit ist nicht mit Aufmerksamkeit zu verwechseln. Aufmerksamkeit bleibt an der Oberfläche der Wahrnehmung. Durch alltägliche Aufmerksamkeit können wir uns grob orientieren und zurechtfinden. Achtsamkeit hat einen penetrierenden Charakter, der zur Wissensklarheit (*sampajan*) führt: Achtsamkeit ist in einem direkten Kontakt mit was auch immer auftaucht und erkennt dadurch direkt und unmittelbar, also ohne darüber nachzudenken, Art und Charakteristik der Phänomene. Es ist also ein klareres, schnelleres und direkteres Verstehen der Außenreize, weil es nicht durch die verschiedenen Filter der Ich-Programme behindert wird. Diese Achtsamkeit wird dann in einer fortgeschrittenen Meditationsstufe auch auf die Innenwelt, die eigenen geistigen Prozesse und Emotionen angewendet.

Das hört sich schwierig an, ist aber völlig banal – es entspricht lediglich nicht unseren Gewohnheiten. Üben und Meditieren heißt somit auch Geistesgewohnheiten zu verändern. Beispielsweise beim Hören eines Gongs: Man hört ihn, nimmt die Vibrationen war und erkennt und erfährt in diesem sich verändernden Prozess direkt – ohne intellektuelle Hinzufügung – Unbeständigkeit (*anicca*) und Nicht-Selbst (*anatta*).

Der Gong ist ein sich ständig verändernder Prozess, der aus dem Nichts kommt und in das Nichts wieder verschwindet. Achtsamkeit kann sich aber nicht nur auf akustische, optische oder andere Außenreize richten, sondern auch auf die eigenen Empfindungen (*vedana*).

Ich bekomme mit, wie Hundekacke negative Empfindungen bei mir auslöst, ein Regenbogen positive Empfindungen und ein Fahrradfahrer neutrale. Die Hundekacke führt zur Ablehnung, der Regenbogen zur Anhaftung und der Fahrradfahrer zur neutralen Empfindung des Desinteresses. Vorher liefen zwar alle Prozesse bei mir auch so ab, aber ich war befangen in ihnen. Habe mich vielleicht 10 Minuten über die Hundekacke aufgeregt, glaubte wohl das verdammte Recht zu haben, das zu tun ... Kurz, ich war mir meiner eigenen Identifizierungen nicht bewusst. Das ändert sich jetzt durch die Übung der Achtsamkeit.

Genau durch diese Gewöhnung – meinen eigenen Geist zu erkennen – kommt dann später automatisch der Wunsch, sich hinzusetzen und zu meditieren, also Achtsamkeit in einem geschützten Raum zu betreiben. Dann kann sich unbedingte Freude, können sich alle Arten der Verzückung spontan entfalten.

Aber Achtsamkeit ist nicht genug. Es geht um »Achtsamkeit im Heilsamen«. Ein Soldat, ein Terrorist oder ein Geheimagent kann auch einen hohen Grad an Achtsamkeit entfalten. Doch er nutzt es nicht zum Wohle aller Lebewesen. Und genau das kommt dazu, die Motivation, zum Wohle der Lebewesen zu handeln. Geübt wird dieser entscheidende Aspekt in der *Maitri*-Meditation[2].

Absolute Freude

Durch das Erfahren des grundlegenden Wohlseins und seine Stabilisierung im alltäglichen Leben bekommt mein Geist Freiräume. Er fühlt sich freier. Manchmal tritt auch ein Gefühl von Leichtigkeit, gelegentlich von der subjektiven Verringerung des körperlichen Gewichts auf. Wird dies erlangt, entspanne ich mich und halte nicht an dieser Erfahrung fest.

In diesem Freiraum, den ich jetzt in meinem Geist erlebe, entsteht plötzlich Platz für die Erinnerung an all meine Neurosen, Traumatisierungen und prägenden Ereignisse meiner Kindheit und meines gesamten Lebens. Jetzt bin ich in der Lage, sie zu akzeptieren. Ja, so bin ich, ein Arschloch, ein geschlagener Hund ... Ich sage: Ja, so ist es. Ja, so bin ich.

Jetzt kann ich mit meiner Lebensgeschichte zur Ruhe kommen – nicht gegen sie. Es ist die große Akzeptanz ohne den Klebstoff des Anhaftens und des Nachgreifens. In dieser Ruhe bin ich erst in der Lage, die Wirklichkeit zu erkennen, wie sie ist: fantastisch und vielfältig. Ich bin nicht mehr auf der Flucht.

In diesem Erleben kommt automatisch absolute Freude auf, die von keinen inneren und äußeren Bedingungen abhängig ist.

---

[2] Siehe Kapitel »Die Liebesbeziehung des Yogi« und »Soziale Meditation«

Große Freude (*mahasukha*)

Phadampa Sangye:

Welche wilden Gedanken im Geist auch aufsteigen,
Du fühlst nichts als Freude.

Wann immer Du krank bist,
nutzt Du die Krankheit als Hilfe.

Was immer Dir auch widerfährt,
Du bist glücklich.

Wenn schließlich der Tod kommt,
nutzt Du auch ihn als Pfad.

Der Großmeister Mahasiddha Phadampa Sangye beschreibt im Tibet des 12. Jahrhunderts den Aspekt des »freudigen Genusses«. »Einsicht in die Leerheit«, »freudiger Genuss« und »grenzenloses Mitgefühl« sind hier eine Einheit. Im ersten Vers geht es um die eigenen Gedanken, die nicht mehr als zwanghafte Identifikation erlebt werden, sondern als wechselnde Bilder im Spiegel des Geistes. Diese Erkenntnis führt zu anhaltender großer Freude. Was auch immer an Gedanken erscheint, wird in seiner Vergänglichkeit erkannt und kann einen nicht mehr erschüttern. Im zweiten Vers werden auch körperliche Schmerzen und Krankheiten auf die gleiche Stufe wie diskursive Gedanken gestellt, die Möglichkeit besteht, nicht an ihnen festzuhalten. Sie werden als Hilfe genutzt, echtes, völliges Loslassen zu üben. So wird dem Schmerz die Leidhaftigkeit entzogen und es bleibt wieder nur große Freude.

Im dritten Vers werden alle inneren wie äußeren Einflüsse, welcher Art auch immer, nicht mehr als Störfaktoren erlebt. Man erlebt sie im glücklichen Zustand des Gleichmuts.

Im vierten Vers werden sogar das Sterben und der Tod nur als Mittel zur Erkenntnis des eigenen Geistes verstanden. Als willkommene Möglichkeit für die Befreiung vom Leiden.

Phadampa Sangye zeigt Optionen, die jeder einzelne hat, wenn er auf dem buddhistischen Pfad mit seinem eigenen Geist arbeitet. Er beschreibt den Geisteszustand eines Meisters, eines erfahren Yogi.

Große Freude ist kein Ziel, auch keine Worthülse, die verwendet wird. Es ist ein für jeden erfahrbarer Geisteszustand. Im gleichmütigen Erfahren der inneren und äußeren Welt entsteht spontan große Freude. Weder muss ich sie herauskitzeln, noch kann ich sie nur durch spezielle Übungen erleben. Allein die Nicht-Identifikation mit meinen alltäglichen Gedanken, das Weder-Unterdrücken-noch-Identifizieren lässt automatisch diese Freude entstehen. Es ist die große Freude der eigenen Freiheit.

Der Schock des Yogi

Schocks spielen im Leben eine wichtige Rolle. Das gilt nicht nur für die Traumatherapie, sondern auch für die ganz normale Entwicklung eines Menschen von der Kindheit bis zum Erwachsenenleben.

Interessant ist, dass bei einem plötzlichen Schock, beispielsweise einem Knall, die Erinnerung an diesen subjektiven Vorgang oft gelöscht zu sein scheint. Ja, es war schlimm, ich hab mich fürchterlich erschrocken und wusste nicht, was ich tun sollte. Aber das sind alles nur Worte. Das wirkliche Erleben ist meist dem nachträglichen Zugriff der Erinnerung verschlossen, was daran liegt, dass es aus dem System fällt. Was habe ich gedacht, was habe ich im Moment danach empfunden? Nichts. Aber was heißt das: nichts? Es heißt, dass das diskursive Denken und die Sicherheitsroutinen des Denkens abwesend waren. Man war nicht ohnmächtig – im Gegenteil, man war voll da, aber eben nicht im Normalmodus.

Als ich diesen »Bewusstseinsschnitt« zum letzten Mal erlebt habe, empfand ich ein Gefühl von Weite und Unbegrenztheit. Ich war sozusagen völlig klar da – während ich meine Klarheit im Alltagsleben sonst so bei 20 % ansiedeln würde.

Interessant ist, dass die Panik erst hinterher kommt und dass dann nur diese Panik erinnerbar ist. »Nein, das kann nicht sein, vielleicht ein Terrorakt, es ist vielleicht ganz schlimm, was mache ich jetzt, Panik, was soll ich machen …« Es wird also oft als Erinnerung ein völlig falscher Ablauf abgespeichert. Die Sekunden der Fassungslosigkeit, die eine Klarheit der Situation und eine Erfahrung von Uneingeschränktheit beinhalten können und dem

Schock vorausgehen, werden gerne vom Gedächtnis unterschlagen. Der Grund ist ganz einfach: Der Horror, möglicherweise körperliche Verletzungen lassen sich mit Worten vermitteln, Fassungslosigkeit nicht. Sie ist Gedanken- und Ich-transzendent. Wie soll man das vermitteln? Und wie soll man es dem eigenen Ich vermitteln? Dann vergisst man es lieber.

In den letzten Jahren erlebte ich mehrmals diesen Schockzustand mit vorausgehender Fassungslosigkeit:

Ich stellte mich sehr früh morgens als Taxifahrer in eine Warteschlange. Es war noch dunkel, der Ort war beleuchtet. Ich stieg aus dem Wagen aus, um einen kleinen Spaziergang zu machen, und traf einen anderen Taxifahrer, den ich flüchtig kannte. Ich schaute ihn an und sagte »guten Morgen«. Er guckte mich an und sagte nichts. Wir gingen beide weiter. Ich war so perplex, dass mein Denken aufhörte. Da ich diesen Zustand kenne, entspannte ich mich in ihn hinein. Ich wusste um alle Dinge um mich herum, um meine Situation – »vertaktete« die Umgebung und Situation jedoch nicht. Keine Gedanken. Es war automatisch ein Erleben von Weite da. Ich blieb vielleicht 30 Sekunden in diesem Zustand, dann kamen in mir Erklärungsgedanken, Aggression gegen den Menschen, Zielorientierungsgedanken etc. auf, das heißt, eine geringe Schockerregung stellte sich ein. Ein völlig harmloser und folgenloser Vorgang, aber für mich sehr wichtig im Verständnis meines eigenen Geistes. Dass diese Erfahrung so erinnerbar und sanft ablaufen konnte, könnte damit zusammenhängen, dass mein Körper nicht maßgeblich involviert war (im Sinne von Verletzungen etc.) und dass die Situation nicht zwingend eine schnelle Reaktion verlangte.

Vor kurzem hatte ich einen Fahrradunfall mit einem Auto. Ich wurde seitlich von ihm angefahren, knallte mit dem Kopf gegen den Außenspiegel; mein Bein wurde von Autotür und Fahrrad eingequetscht und ich prallte dann mit dem Kopf auf den Straßenasphalt, wo ich ein Stück rutschte. Ich wurde nur leicht verletzt. Weil ich mich für den Geisteszustand des Schocks interessiere, war ich fast ein wenig froh über dieses Ereignis. Natürlich auch, weil ich mich noch bewegen konnte. Ich nahm die Prozesse in den ersten Sekunden tatsächlich intensiv wahr. Eine Erfahrung von Klarheit, Leere und Weite ist mir jedoch nicht erinnerbar. Das »Aha, jetzt ist das eingetreten, was du schon immer erleben wolltest« nahm für mich die Panik aus der Situation. Ich war interessiert, statt benebelt zu sein.

So wartete ich etwa eine Minute nach dem Unfall auf den Schock mit Herzklopfen und Schwindel. Er kam auch, fiel aber, weil ich ihn erkannte und als natürlich ansah, nicht besonders stark aus. Ich achtete auf meinen Atem und bei Verkrampfung entspannte ich mich.

Ein Schock kann tatsächlich die Brücke zu einem konzeptfreien Bewusstsein sein. Ich provoziere ihn nicht, aber wenn er kommt, erkenne ich ihn – hoffentlich auch in Zukunft.

Von Unfällen, Kriegshandlungen u. a. weiß man, dass ein Schock selbst durchaus zum Tode führen kann oder zu einer andauernden Traumatisierung. Den Tod als ultimativen Schock nicht auszublenden, sondern als Chance anzusehen, ist eine Erkenntnis des Yogi-Systems. Etwas salopp könnte man von Fort-geschrittenen-Yoga sprechen.

Das Prinzip der Yogi-Ausrichtung ist klares Erkennen in Passivität. Den eigenen Geist verstehen, während und direkt nachdem das Schockerlebnis abgelaufen ist. Der Trick ist das Loslassen der Angst bei Eigenkonfrontation. Der Yogi hat keine lähmende Angst, sondern nutzt die Angst als Elixier, ohne zum Adrenalin-Junkie zu verkommen.

Die 0,3 Sekunden vor dem Unfall

Ich fahre mit dem Fahrrad einen Fahrradweg unter Bäumen entlang.

Es ist Ende November, daher liegt Laub auf der Fahrbahn.

Ich fahre etwa 20 km/h schnell und habe meinen Blick auf den Bereich ca. 2–3 m vor mir gerichtet.

Plötzlich erscheint ein dicker Stock, der teilweise von Laub überdeckt ist – er ist 3 m entfernt.

Es gibt keine Zeit zu denken »oh, ein Stock, dem musst du ausweichen«.

Es gibt keine Zeit, das Fahrrad abzuwenden.

Es gibt keine Zeit, zu bremsen.

Es gibt keine Zeit, einen Schreck zu bekommen.

Es ist genau 1/5 Sekunde vom Sehen des Stocks bis zum Drüberfahren.

Die Zeit ist einfach zu kurz für Gedanken, zu kurz für körperliche Reaktionen.

Aber es gibt in dieser 1/5 Sekunde das Wissen »da ist ein Stock, da wirst du gleich drüberdonnern«. Da sind keine Worte in meinem Kopf, kein Satz, der abläuft. Das Wissen um den bevorstehenden kleinen Stock-Crash erscheint in weniger als 1/10 Sekunde.

Erkennen und Wissen, in Aufmerksamkeit der Welt gewahr sein, ist etwas ganz anderes als Gedanken und konzeptionelles Denken. Das erkennende Wissen ist nämlich jenseits von Hektik, Stress und Reflexion. Es passiert zeitlich vor den Worten, vor den Bewertungen und vor der Ich-Reflexion (was bedeutet das für mich, schadet mir das oder nutzt es mir, was kann ich machen ...).

Während die Klarheit und das bewusste Erleben hier vor dem eigentlichen Unfall – dem Überfahren des Stocks mit dem Fahrrad – auftrat, kann in anderen Situationen diese Klarheit auch im Moment des Unfall selbst oder kurz danach auftreten.

Todesangst beim Zahnarzt

Wegen einer umfangreichen Behandlung musste mein Zahnarzt meinen Unterkiefer komplett betäuben. Das verlief zunächst problemlos, meine untere Mundhälfte wurde gefühllos. Doch dann wollte ich schlucken – und ich konnte nicht. Ich konnte meine Zunge nicht steuern und sie blockierte meine Luftröhre. Ich bekam keine Luft und konnte nicht durch Schlucken für Feuchtigkeit sorgen. Schlagartig bekam ich Todesangst.

Dieses Phänomen des Nicht-Atmen-Könnens hatte ich schon einige Male im Schlaf. Verkrampft nach Luft schnappend bin ich aufgewacht – und habe mit Wassertrinken überlebt. Auch damals war es ziemlich gruselig.

Also, ich habe Todesangst, allein auf dem Zahnarztstuhl, und versuche Spucke zu schlucken. Der Zahnarzt war gerade im Nebenraum. Irgendwann gelingt es mir, trotz Teillähmung der Zunge, und ich kann auch wieder normal atmen.

Diese körperlichen Vorgänge dominieren natürlich meine Erinnerung – aber was passiert in meinem Geist während dieser 1–2 Minuten des Schluckunvermögens? Er befand sich urplötzlich in einem anderen Modus. Das Interessante daran: Es war nicht der Modus der Panik, es war ein Modus des »plötzlichen Klarseins«. Mein Alltagsdenken, das mich normalerweise begleitet, war auf einmal verstummt. Meine Umgebung war plötzlich klar und ich erlebte Weite. Dann erst kamen Panik und körperliche Erregung. Ganz cool (was mich selber etwas wunderte, weil ich eher ein Paranoiker bin) stand ich auf, hängte meine Jacke an einen Haken, da ich schwitzte, und legte mich wieder auf den Patienten-behandlungsstuhl. Das Schlucken machte mir während der drei

Stunden Betäubung zwar noch Probleme, aber ich bin nicht erstickt und ich hatte auch keine andauernden Panikattacken.

Diese 1–2 Minuten der anfänglichen Ausweglosigkeit empfinde ich als generell kostbar, und zwar in Vorbereitung auf meinen eigenen Tod. Sie zeigen: Es gibt Möglichkeiten, auf einen Schlag sämtliche Alltagskonzepte loszuwerden, einen klaren Zustand zu erleben und das nicht als Resultat großen Glücks (Verzückung), sondern großer Angst. Allein es zu erkennen kann heilsam und befreiend sein.

Ein heftiger Eindruck unterschiedlicher Art kann also meinen Geist plötzlich aus seinem normalen Alltags-Denk-Trott holen, ohne dass es einen willentlichen Impuls, eine Absicht oder eine zielgerichtete Programmierung gegeben hätte. Mein Geist fällt automatisch in seinen Offenheit-Modus.

Dieser Prozess kann durch einen Schreck passieren, plötzliche Angst, den Orgasmus beim Sex, eine unerwartete Freude (du bist Lottomillionär geworden) oder durch andere Erfahrungen. Aber nicht notwendigerweise. Er kann auch einfach spontan auftauchen – er gehört zum Kontinuum meiner geistigen Prozesse dazu, er ist einfach ein Teil von mir. Meine natürliche Möglichkeit.

Zombie-Dasein als verbal Gesteuerter

Wenn zwei Menschen miteinander joggen gehen, dann unterhalten sie sich meistens dabei. Über Erfahrungen der letzten Tage, über andere Menschen, über Zukunftspläne ...

Eigentlich ist der Körper durch die Bewegung ausgelastet, der Geist mit Koordination, Orientierung und den entgegenkommenden Menschen und Hunden auch gut beschäftigt. Aber die beiden nebeneinander laufenden Menschen haben fast einen Zwang, verbal zu kommunizieren. Die an ihnen vorbeiziehende Umwelt ist eher beiläufig, ja fast etwas störend. Gedanken in Form von gesprochenen Worten stehen im Vordergrund.

Aber es geht nur selten um das Erleben der Gegenwart, um das grüne Gras, um die Vögel, die Hunde, die Menschen, den Himmel – es geht um Vergangenheit und Zukunft, um Erinnerungen und Pläne, Hoffnungen und Befürchtungen, Ich-Darstellung und Ich-Erleben.

Mein Geist kann das gut, fühlt sich dabei wohl – ich darf mal meine Meinung sagen ...

Das Problem ist, dass mein bewusstes gegenwärtiges Erleben minimiert wird. Die Vergangenheits- und Zukunftsgedanken reißen alles an sich.

Es kommt kein echtes Gefühl mehr für die schönen Bäume, das satte Grün des Rasens, für die herumlaufenden Hunde, für die anderen Spaziergänger auf. Ich und meine Gedanken in der Kommunikation mit meinem Joggingfreund stehen im Vordergrund. Es geht so weit, dass ich wirklich glaube, ohne verbale Gedanken, die eine Beziehung zu mir darstellen (ich und meine Umwelt), wäre gar kein Erleben und Erkennen möglich. Und genau das ist das Problem: Ich und meine Gedanken haben sich zum Diktator aufgeschwungen. Die Außenwelt wird nicht mehr in ihrer Vielfalt, in ihren fantastischen Erscheinungen erlebt – sie ist zu einem gedanklichen Konstrukt heruntergekommen. Direktes Erleben, das natürliche Gefühl von Schönheit und Unvoreingenommenheit, verkommt, indem es verbalisiert wird, zum Zombie.

Ähnliches kann man auch beim Musikhören per Kopfhörer feststellen – die perfekte Musik sind die natürlichen Außengeräusche, sie sind die authentische Gegenwart, nicht die konstruierte, durchgenudelte Konserve aus dem Handy.

Ein überzeugter Musikhörer, der gerne auch im Freien seine Kopfhörer aufzieht, wird widersprechen: Es ist doch einfach schön, im Park Musik zu hören, ich habe sie ausgesucht, warum soll ich mich nicht in Stimmung bringen? Gegen das Musikhören und auch das Reden während des Joggens ist nichts einzuwenden – die Sucht ist das Problem. Wir fühlen uns ohne unwohl, wollen eine Wand von guter Stimmung und Verständnis um uns herum aufbauen. Das ist das, was nicht funktioniert und die Ursache auch für zukünftiges eigenes Leiden ist. Das holt uns dann auch im Tod ein – unsere zwanghaften Gewohnheiten dauern einfach an; nur dass dann eben keiner mehr mit uns sprechen kann, und wir nicht mit ihm. Dann haben wir ein Problem.

Wir können zehn Minuten Musik hören, dann zehn Minuten den Kopfhörer absetzen, dann setzen wir zehn Minuten den Kopfhörer auf, dann wieder ab ... Was erleben wir? Wie funktioniert unser Geist dabei – kommt Unwohlsein auf, Entzug – oder genießen wir die Abwesenheit der Musik?

Das eigene Erleben zu erkennen, ohne Zusatz, ohne Kommentator – ohne Zucker, ohne Milch und ohne Süßstoff, das ist die befreiende Bewusstheit: die Achtsamkeit auf den Geist, wie

Buddha es nannte. Der Musik-Player ist nicht schlecht, die Jogging-gespräche sind nicht schlecht. Was Leiden bei uns verursachen kann, ist die Befangenheit, das triebhafte Streben danach – es ist das Nicht-loslassen-Können bzw. -Wollen.

Genau genommen spielen wir nur mit unserem Geist, stellen ihm Herausforderungen, wundern uns über seine Erscheinungen, registrieren unsere Sucht als Teil des Spiels – das ist Achtsamkeit auf den Geist.

Das übe ich jetzt als Yogi. Ich jogge alleine und richte meine Aufmerksamkeit auf meine Bewegung und meine Umwelt in allen ihren Aspekten. Gedanken an Vergangenheit und Zukunft erkenne ich, wenn sie aufkommen, und gehe ihnen nicht weiter nach. Wenn ich gemeinsam mit anderen jogge, mache ich längere Gesprächs-pausen, wenn die anderen damit einverstanden sind. Als Yogi wende ich meine Erkenntnis auf mich und mein Leben an und stelle fest: Gespräche fehlen mir nicht – ich erlebe die Außenwelt intensiver ohne sie.

Ich, der Verbaljunkie auf Entzug, komme ganz gut klar damit.

Hoffnungslosigkeit im geistigen Standardprogramm

Wenn der Tod mit siebzig, achtzig oder neunzig Jahren kommt, haben wir eigentlich genügend Zeit, uns auf ihn vorzubereiten. Er ist ja absehbar. Und tun wir es? Wir wollen vielleicht noch einmal die Orte unserer Kindheit besuchen, uns von alten Freunden verabschieden, möglicherweise eine Weltreise machen, das Erbe regeln, das Altenheim organisieren …, einfach das Leben korrekt zu Ende führen. Sorry, ich empfinde das persönlich, so auf meiner Haut, tief in mir drin, als Unsinn. Nicht dass ich dafür plädieren würde, nach dem Tod ein Chaos zu hinterlassen. Aber wenn ich Tauchen lernen möchte, beschäftige ich mich doch nicht mit Fahrradfahren oder mit Krafttraining. Ich beschäftige mich vielmehr mit Schwimmen, Pressluftflaschen, Bleigürteln und vielleicht mit Taucherkommunikation.

Bei der Vorbereitung auf mein Sterben kommt bisher leider mein Tod gar nicht vor: Ich betrachte mein vergangenes Leben, arbeite mit meinen Angehörigen zusammen bezüglich meines Sterbens und meines Erbes. Ansonsten läuft das Mantra: »Du weißt doch sowieso nicht, was beim Tod kommt.«

Eben dieses Standardprogramm empfinde ich als eine Versteifung. Man möchte nicht wirklich dem Neuen entgegensehen und entgegengehen. Die eigenen Gedankenmuster bekommen immer mehr den Charakter einer Endlosschleife, die mit kleinen Variationen immer weiter läuft. Die Probleme mit den Angehörigen, mit den Nachbarn, mit der Umweltverschmutzung, mit der politischen Situation, mit den körperlichen Beschwerden und Schmerzen, mit den Ungerechtigkeiten mir selbst und anderen gegenüber, mit den Fehlern, die ich im Leben gemacht habe, mit der Tatsache, dass jetzt bald alles vorbei sein wird.

Diese Gedankenmuster haben etwas Verkrampftes, etwas geistig Unflexibles, etwas Schweres und Aussichtsloses. Auch die mögliche Weltreise im Alter lässt mich nicht wirklich neue Erfahrungen machen – ich trage meine Sorgen und meine Todesangst weiter mit mir herum. Es ist lediglich eine weitere Form der Ablenkung.

Geht man dem Sterben dann aktuell entgegen, werden auch gerne Pillen gereicht: Antidepressiva, Beruhigungspillen, Schmerztabletten. Als Zombie stirbt man dann, für den Frieden der anwesenden Angehörigen.

Ich weiß um diese kommenden Prozesse, aber ich kapituliere vor ihnen. Ich ziehe keine Konsequenzen – okay, maximal beschäftige ich mich vielleicht noch mit einem möglichen Suizid und der Sterbehilfe. Mit meinem Geist, meinen Möglichkeiten, mit meinem Erlebensspektrum, mit meinen Gewohnheiten und meiner Befreiung vom Leiden beschäftige ich mich lieber nicht – zu anstrengend, zu vage, zu wenig planbar. Ich könnte die Sicherheit meiner Gewohnheitsmuster verlieren, wie schrecklich!

Bis zum Tod und darüber hinaus von gedanklichen Gewohnheiten in einem endlosen Perpetuum mobile gefangen zu sein ist mein eigentliches Problem.

Da hilft eben nur, mit diesen Gewohnheiten zu brechen. Der Glaube an diese Möglichkeit ist der Glaube an die eigene geistige Freiheit. Sie möchte ich hier ganz eindringlich beschwören. Sonst haben wir keine Chance. Etwas Neues probieren, Risiko auf sich nehmen, Versuch und Irrtum – das ist der Weg aus dem eigenen Gefängnis. Hierbei geht es um unsere Gedanken; sie sind der Schlüssel unserer Probleme, nicht der körperliche Schmerz, nicht die äußeren Umstände und auch nicht die natürlichen Prozesse des Verfalls.

Es geht um das Erkennen und Anwenden von zwei Grundprinzipien:

Zunächst: Diskursive Gedanken entstehen aus dem leeren Raum und verschwinden wieder im leeren (geistigen) Raum. Weder bekämpfe ich die leidvollen diskursiven Gedanken noch unterdrücke ich sie. Ich hebe lediglich die Identifizierung mit ihnen auf. Ich erkenne sie als flüchtige Bilder ohne Festigkeit.

Des Weiteren: Trennung von mir, dem Ich auf der einen Seite, und dem Sie, den anderen Lebewesen auf der anderen Seite, ist nur eine Verblendung, ein gewohnheitsmäßiges Gedanken-konstrukt, letztlich auch nur diskursive Gedanken. Richte ich meinen Geist von mir auf andere – indem ich sie verstehe und ihnen alles Gute wünsche – verschwindet die Wichtigkeit meiner »eigenen« Probleme. Das Ich als spezifische, für existent erachtete Einheit löst sich auf und mit ihm das eigene Leiden.

Das jedoch intellektuell zu verstehen ist lediglich ein kleiner Vorgeschmack. Die Probleme des Sterbens und des Todes werden nur gelöst, indem ich das Beschriebene selbst konkret erfahre und sich meine geistigen Gewohnheiten entsprechend ändern. In der Regel geschieht das durch Üben. Üben im Erkennen des eigenen Geistes und seiner Natur.

Die Alternative zur Meditation

Manchmal habe ich keine Lust auf Buddhismus, auf Meditation oder überhaupt darauf, etwas zu tun. Ich zwinge mich dann nicht. Ich finde Entschuldigungen: Du hast tiefen Blutdruck, genetisch bedingte niedrige Herzfrequenz, lieber nichts tun als sich den Spaß am Buddhismus zu vermiesen. Ich möchte dann auch nicht auf dem Balkon sitzen, sondern lieber Radio hören, Filmchen gucken, im Internet rumsurfen. Undiszipliniert zu sein macht mich andererseits auch traurig – herumzuhängen verbessert meine Situation meist nicht. Ich suche also nach einer Alternative, die trotz meiner Faulheit meinen Geist klärt und mir eine gewisse Freude gibt. Obwohl ich weiß, dass Freude kein Ziel, sondern lediglich ein Abfallprodukt ist. Aber ich setze mich einfach eher hin und arbeite mit dem Geist, wenn ich freudvoll bin anstatt abgeschlafft.

Standardübungen, wie jeden Morgen nach dem Aufwachen eine halbe Stunde auf dem Balkon sitzen und in den Himmel schauen und danach eine Meditationssitzung machen, das ziehe ich bei jeder Stimmung durch. Aber mehrere Stunden am Tag sitzen und den Geist beobachten, da sollte schon dieses grundlegende Wohlsein da sein, sonst kann es Quälerei werden – mit Schlafphasen, starker Ablenkung und Aversion. Ich bin kein preußischer Offizier, der gnadenlos gegenüber sich selbst sein Programm durchzieht.

Die milde, grundlegende Wohlfühlstimmung erzwinge ich mir also nicht durch Meditation, Yoga, Atemübungen u. a. Ich gehe manchmal einen anderen Weg: Verdienst. Ich verstand das früher nur als Lohn für geleistete Arbeit. Es hat aber auch den Aspekt der geistigen Ausrichtung: Dreht sich alles um mich, meine Interessen, meine Stimmungen und Gefühle oder lebe ich auch für andere, versuche ihnen ein gutes Gefühl zu geben, ihnen zu helfen und ihnen Glück zu wünschen und zu bringen? Dieser erweiterte Begriff des Verdienstes, der auch die Meditationszeit mit einschließt, ist entscheidend für eine buddhistische Meditationspraxis. Verdienst ist der Dünger, ohne den Meditationsübungen unfruchtbar sind. Indem ich anderen helfe, materiell oder immateriell, erlange ich Verdienst.

Ich habe in der Vergangenheit alte, kranke Yogis gesponsert und sehr intensive Erfahrungen gemacht. Okay, oft mit Eigennutzvorstellungen – aber darüber habe ich mir nicht den Kopf zerbrochen.

Als ich einmal in Nepal war, besorgte ich mir hundert kleine Scheine und verteilte sie einfach an die Bettler – als Freizeitbeschäftigung. Was soll ich euch sagen, das grundlegende Wohlsein, die optimale Grundlage jeder Meditation, kam automatisch, ich brauchte nicht mehr zu meditieren. Das fand ich sehr elegant.

Kommerzielle Patenschaften für Kinder oder Erwachsene, über Organisationen vermittelt, hingegen sind mir zutiefst zuwider. Ich möchte den persönlichen Kontakt, Kommunikation, wirklichen Austausch über das Leben des Empfängers, kein Organisationskorsett mit Betrugslücken.

Wenn ich dieses Prinzip des Verdienstes auf den Weg in den Tod übertrage, wo Geben und Nehmen als starke Geistesimpulse erlebt werden, muss ich nicht unbedingt meinen Körper symbolisch opfern wie beispielsweise in der Tschö-Praxis. Ich kann auch ganz real einen – kleinen – Teil meines Geldes verschenken, eben an Bedürftige oder Meditation Praktizierende. Weggeben in sozialer Absicht ist ein heilsamer Impuls für meinen Geist – Verdienst. Tod ist Weggeben – des persönlichen Besitzes, der persönlichen Sicherheiten, der Sozialkontakte und des eigenen Körpers. Das kann ich auf verschiedenen Ebenen üben – geistig, materiell und physisch.

Die andere Wahrnehmung

Jetzt, da ich Yogi geworden bin, fällt mir auf, dass meine Wahrnehmung meistens getrübt ist. Dass mir das auffällt, ist *Achtsamkeit auf den Geist.* Ich erkenne das ehemals Normale als eine persönliche Einschränkung.

Ich frage mich natürlich, wie das denn bei einem richtigen Yogi ist, etwa in Indien oder in Nepal irgendwo im Himalaya. Das hat mich immer interessiert, ich traf dazu viele buddhistische Yogis, übrigens auch Hindus.

Es besteht das Problem, dass man nie genau weiß, was im anderen vor sich geht, bei Freundschaften, Ehepartnern, Kindern, beim Chef. Das ist sozusagen ein Menschheitsproblem. Jedoch kann ich es erahnen. Meine Spiegelneuronen funktionieren noch (wer weiß, wie lange), und ich interessiere mich dafür. Ich achte darauf.

Nur, die bewussten Empfindungen mit Worten auszudrücken, ist schwer. »Ich liebe Dich« – der meistgelogene und -missverstandene Satz der Menschheitsgeschichte. Trotzdem kommt da etwas herüber. Der echte Yogi liebt aber nicht nur sich und andere Menschen, denen er begegnet, sondern er liebt die ganze Welt. Bei echten Yogis musste ich schon mal vor Freude weinen. Nicht immer, aber häufiger. Ich führe das darauf zurück, dass sie diese Freude erleben und ich so an ihr teilhaben kann.

Ich finde das gar nicht so schwer und auch nicht unerreichbar – obwohl ich zur mürrischen, besserwisserischen, rechthaberischen und leicht aggressiven deutschen Nachkriegsgeneration gehöre und dazu stehe.

Am Beispiel der Taufliege, die meine Meditation störte, habe ich das im Kapitel »Die Liebesbeziehung des Yogi« beschrieben. Die Liebe, das Gefühl des Nicht-Getrennt-Seins von anderen, stellt sich spontan ein, einfach in einer Gedankenlücke.

Die Verengung in der Vorstellung meiner Geistesaktivität

Ich habe eine bestimmte Vorstellung von mir, von meiner Wahrnehmung, meinen Bedürfnissen, meiner Stimmung, meinem Ziel und meiner Außenwirkung. Ich, meine Person, meine Interessen und meine physischen und psychischen Bedingungen stehen dabei im Mittelpunkt. Aufrechterhalten wird mein System von meinen Gedanken und energetisch gespeist von meinen Gefühlen und Stimmungen.

Die Gedanken spielen dabei auch die Rolle einer Impulsgebung. »Das ist ein schöner Baum«, »da sind wieder die Rückenschmerzen«, »ich habe mir noch gar nicht die Zähne geputzt« ... Nun herrscht bei mir, und bei den meisten Menschen in der westlichen Welt, die Überzeugung vor, dass dieses mein Denken – die Gedanken – identisch mit der Gesamtheit meiner geistigen Aktivitäten ist. Mein Ich ist mein Körper und meine Gedanken einschließlich der zugrunde liegenden Emotionen. Die Möglichkeit, dass ich ohne Gedanken wahrnehmen, erkennen und verstehen kann, scheint mir völlig abwegig. Wie soll das gehen? – Unmöglich!

Ich bin deshalb so fest davon überzeugt, weil ich mich noch nie gefragt habe, was meine Gedanken überhaupt sind, welche Eigenschaften sie haben. Sie sind Taktungen in meinem Leben, durchschnittlich in etwa 2–10 Sekunden lang. Dann ist ein anderer Gedanke dran oder der gegenwärtige erweitert sich oder fügt einen anderen Aspekt hinzu. Einer der verschiedenen Charakteristika meiner Gedanken ist die Visualisierung von Bewegung und deren Verknüpfung mit Worten. Gedanken sind oft Worte. Eine *Verwortung* meines Lebens.

Diese Verwortung wird von mir oft als leidvoll empfunden. Immer wieder denke ich über Probleme nach, immer wieder die gleichen Themen; ich komme aus meinem Leiden nicht raus, wie kann das gehen? Die Wiederholungen, das ständige Befangen-Sein in meinen Wort-Gedanken, die korrespondierenden Gefühle von Unsicherheit, Selbstbehauptung, manchmal Angst machen mir das Leben buchstäblich schwer. Ich fühle mich schwer. Dabei sind Worte nur Spinnfäden, die mich beim Erleben der Welt einschränken – sie sind andererseits Kristallisationspunkte, die mir helfen den Alltag zu bewältigen. Statt sie eben als Fäden und Kristallisationspunkte zu erkennen, ordne ich ihnen absolute Macht zu. Ich identifiziere mich vollkommen mit ihnen, spreche einer Welt ohne Gedanken und Worte die Existenzfähigkeit ab.

Diese Einseitigkeit gilt es loszulassen. Gedanken dürfen kommen, aber auch wieder gehen. Ich erkenne die Welt auch ohne sie. Sie sind lediglich Verlangsamungsroutinen; die Quellen dafür sind Aversion, Angst, Eifersucht und andere störende Gefühle. Sie stellen meine Interessen gegen die anderer Lebewesen, grenzen mich von »der Welt da draußen« ab. Meine störenden Gefühle können auch ohne Worte aktiv sein, im Traum oder im Vollrausch. Doch störende Gefühle in ihrer (gesprochenen und gedachten) Verwortung sind nur ein Missverständnis, ein unnötiges Hinzufügen. Ohne verbale Gedanken kann ich meine Welt auch wahrnehmen, sowohl die innere als auch die äußere – klar und deutlich. Gedanken sind überflüssig – in ihrer zähen nachgreifenden Form, wie sie in mir immer wieder scheinbar endloses Leiden hervorrufen.

Diese Erkenntnis ist aber eben kein Gedanke, sondern eine direkte Erfahrung. – Gedanklich würde ich sagen: das kann nicht sein, was erzählt er da?

Gedankenauflösen ist kein gedanklicher Prozess, es ist eine konkrete Erfahrung des Loslassens und der Zeit danach. Das heißt, Gedanken lösen sich nicht durch Gedanken auf, sondern natürlich, von selber – durch Aufgeben, durch Entspannung. Immer wieder übe ich, Gedanken loszulassen. Irgendwann ist da eine Lücke, wo meine Wahrnehmung völlig verändert ist. Ich verweile mit offenen Augen, unbewegt und entspannt. Die gedankenfreie, klare Wahrnehmung der Welt. Da muss ich schon etwas sitzen, Zeit investieren – Gedanken können hartnäckig sein.

Dabei ist es kontraproduktiv, sich über die Existenz meiner Gedanken zu ärgern, sie wegzudenken. Ich erlebe sie als wunderschöne fantastische Möglichkeit, die mein Geist hat, und lasse sie ziehen. Ich freue mich über meine Gedanken, völlig unabhängig von ihrem Inhalt.

Die Gedanken selber verursachen kein Leiden, lediglich das klebende, sich identifizierende Festhalten an ihnen.

Die Wirklichkeit erkennen

Die Wirklichkeit erkennen und *vom Leiden befreit sein* sind Beschreibungen für den gleichen Geisteszustand.

Es ist das, was ich schon immer bin und was sich ganz natürlich einstellt, wenn ich völlig loslasse. Es heißt auch *Erkennen der eigenen Geistesnatur*. Auch wenn es mich in meinem normalen Leben nicht interessiert, ist es beim Sterben und im Tod das einzige, was mir hilft, die *ultimative Zuflucht*. Mein eigenes Bewusstsein, der Geist, ist auch das, was ich im Traum und Schlaf erfahre und erlebe. Keine Außenwelt, kein eigener physischer Körper ist involviert. Den eigenen Geist zu verstehen und zu erkennen, ist somit der einzige Weg, der zur Klarheit in diesen Phasen führen kann. Das gilt in gleicher Weise für mein Sterben und meinen eigenen Tod.

Heute schlafe und träume ich noch nicht bewusst, nur hin und wieder kommt der Klarheitsaspekt durch. Ich kann erkennen, dass sich durch Meditationspraxis sehr langsam mein Geist aufhellt. Immer mehr Prozesse wandeln sich sehr allmählich vom *unbewusst Getriebenen* zum *klar Erkennenden*. Ich stehe damit erst am Anfang.

Andersherum frage ich mich jetzt einmal: Was hält mich gefangen? Warum erlebe ich meine Geistesnatur nicht? Warum verstehe ich sie nicht? Warum ist sie unerklärlich?

Die Betrachtung meiner alltäglichen Ich-Welt hilft bei der Antwort:

Ich bin gebunden an eine zeitliche Kontinuität.

Ich bin gebunden an eine räumliche Kontinuität.

Ich bin gebunden an eine körperliche Kontinuität.

Ich bin gebunden an eine Ich-Kontinuität.

Ich bin gebunden an eine gedankliche Kontinuität.

Ich bin gebunden an eine soziale Kontinuität.

Ich bin gebunden an eine sensitive Kontinuität.

Ich bin gebunden an eine kausale Kontinuität.

Ich bin gebunden an einen Glauben an Kontinuität.

Das gilt für meinen Wachzustand. Im Traum, im Schlaf, im Koma, in Trance gelten wieder andere Bedingungen.

Mein Geist scannt und fokussiert in meinem Alltags-Wachzustand in Sekunden oder Bruchteilen von Sekunden verschiedene Kontinuitäten. Und erzeugt gedankliche Rahmen, Blasen und Räume, in denen ich mich sicher zu bewegen glaube. Das zentrale Prinzip dabei ist mein Ich, mein Körper und meine Umwelt. In diesen Scan- und Fokussierungsroutinen bin ich gefangen und befangen.

Der Weg der Befreiung besteht nun darin, diese Routinen zuzulassen und nicht an ihnen zu haften. Die Nicht-Anhaftung ist das Weglassen einer Ich-Vorstellung. Erdbeerkuchen pur ohne Sahne und Zucker. Auch lecker. Und gesünder.

Ich nehme mir nichts weg, ich lasse etwas los. Ich trauere der Vorstellung meines festen Ichs nicht hinterher. Ich trauere auch nicht nach der Toilette den flüssigen und festen Bestandteilen meines Körperinneren hinterher – oder? Lasse ich die Vorstellung eines festen Ichs los, ist es eine Erleichterung – wie auf der Toilette. Es gibt da keinen Grund zur Sorge. Nicht-Anhaften bezieht sich somit auf sämtliche Aktivitäten meines Geistes innerhalb sämtlicher Kontinuitäten.

Da aber Gedanken und Sprache sich grundsätzlich nur innerhalb von Kontinuitäten abspielen, ist dieser Zustand über Sprache und Intellekt nicht darstellbar, vergleichbar mit Bildern, die im Spiegel kommen und gehen, diesen aber nicht beeinflussen. Im Bewusstsein des Spiegels erscheint Wissen und Erkennen, ohne dass sich der Spiegel mit irgendetwas identifiziert.

Ich funktioniere noch, kann auch zwischen mir und anderen unterscheiden – nur verhafte ich nicht daran: Die Außenwelt darf ein Teil von mir sein, ohne dass es Probleme in meinem Verstehen gibt und ohne dass sich Aversion entwickelt. So überwinde ich meine körperlichen und geistigen Leiden.

Mein Ich ist auch nicht weg oder verschwunden, ich habe kein psychiatrisches Problem. Seine vermeintliche Festigkeit hat sich zu einer flexiblen Durchlässigkeit gewandelt. Es ist wie mit über die Liebe reden: Mit Worten sie zu beschreiben, damit liegt man fast immer daneben.

Sicherheiten und Tod

Der Tod kann plötzlich oder lange angekündigt über mich hereinbrechen. Egal wie alt ich bin, ob ich krank oder fit bin – es ist immer gut, auf den Tod vorbereitet zu sein. Nicht nur, weil ich tatsächlich jeden Moment sterben kann, sondern auch, weil es ein anderes Lebensgefühl ist, den eigenen Tod schon integriert zu haben, die Angst vor dem Tod überwunden zu haben.

Bei der Vorbereitung auf den Tod eigne ich mir nicht ein Wissen oder eine Fähigkeit an, sondern ich verzichte auf etwas. Es ist das Einüben von Verzicht und Loslassen. Auf etwas verzichten zu können, loszulassen ohne hinterherzutrauern. Es ist Verzicht auf Sicherheiten. Sicherheiten des Körpers, Sicherheiten durch Freunde und Verwandte und Sicherheiten des eigenen Geistes.

Sicherheiten des Körpers sind unter anderem: Kleidung, Nahrung, Wohnung, Besitz etc.

Sicherheiten durch Freunde und Verwandte sind unter anderem: Gesprächsbereitschaft, Beistand, Verständnis, Hilfe jeglicher Art etc.

Sicherheiten des eigenen Geistes sind: Orientierung in Zeit und Raum, vorhersehbare Stimmung, verschiedenartigste Routinen, willentlich hervorgerufene Erinnerungen etc.

Alle diese Sicherheiten, so gut sie mein Leben beschützen und organisieren, haben alle eine Kehrseite: Im Tod trauere ich ihnen nach. Der Verlust-Horror. Das zu verstehen und zu verinnerlichen ist eine vernünftige Vorbereitung auf das sicher Kommende.

Meistens ist es unklug, zu viele Sicherheiten auf einmal aufzugeben. Ich könnte in Verwirrung abgleiten. Also fange ich gemütlich an:

Ich brauche Sommer wie Winter 22–23 °C in meiner Wohnung. Sonst fühle ich mich nicht wohl. Ich achte darauf, nie zu dick und nie zu dünn angezogen zu sein – kein Schwitzen, kein Frieren. Sonst glaube ich Rückenschmerzen zu bekommen oder mich zu erkälten.

Neben diesem gesundheitlichen Aspekt steckt natürlich Erfahrung, aber auch Angst und Zwang dahinter.

Also: Bei 5 °C Außentemperatur ziehe ich mich bis auf die Unterhose aus und setze mich auf den Balkon. 10 Minuten.

Frieren, leichte Panik, Unwohlsein kommt. Und auch noch etwas Wind. Ich stelle mich außerhalb meiner Absicherung – nur ein Spiel, ich kann es jederzeit abbrechen. Es ist eines meiner ersten Dinge, die ich morgens mache. Es erinnert mich an das Aufgeben von Sicherheiten, Teil meines Weges zur Befreiung vom Leiden.

Neulich habe ich für zwei Stunden meine Wasserflasche zuhause gelassen, als ich zum Einkaufen in die Stadt ging. Und ich bin lebend wieder nachhause gekommen. Ich gehe sonst nie ohne Wasserflasche länger vor die Tür.

Einmal habe ich auch auf mein Frühstück verzichtet. Ich brauche spätestens zwei Stunden nach dem Aufstehen etwas zu essen, sonst glaube ich Unterzucker bekommen zu können. Diesmal aber nicht. Es war alles normal, vom Hunger abgesehen.

Es zu kultivieren, Gewohnheiten aufzugeben, nimmt etwas den Zwang aus meinem geistigen System – und mindert meine Todesangst.

Das Üben von Verzicht und Askese ist aber nur die eine Seite. Was mache ich denn, wenn ich leicht panisch, frierend und zitternd auf dem Balkon sitze? Ich schaue mir mein Leiden an. Das geht so: Ich zittere und atme schnell, fühle mich unwohl, möchte alle 30 Sekunden auf die Uhr schauen ... Dann halte ich meinen Blick still in den Himmel und lasse einfach los. Ich habe quasi einen Mikro-Tod erfahren und meine Fixierung auf die unangenehmen Prozesse aufgegeben.

Von einer Sekunde auf die andere war, ohne dass ich etwas gemacht hätte (im Sinne von zielgerichtetem Handeln), mein subjektives Leidempfinden verschwunden. Alles war normal, der Wind wehte, der Regen tropfte und mir war kalt – aber ich litt nicht darunter. Es war okay.

Auch andere Sicherheiten, wie die feste Wohnung, könnte ich – für einige Stunden – aufgeben, als Obdachloser im Park sein. Auch hier kann Panik und Unwohlsein aufkommen – und ich kann sie loslassen. Ich möchte mich darin üben, sonst wird es beim Tod nicht klappen.

Natürlich sind das alles nur Beispiele – weder muss ich zum Sonderling werden noch zum Obdachlosen. Aber eines muss klar sein: Meine Sicherheiten werden mit meinem Sterben Vergangenheit geworden sein. Die Allianz-Lebens-Versicherungs-AG wird Pleite gegangen sein. Warum nicht schon mal jetzt sich ganz entspannt an diesen Gedanken gewöhnen.

Der Yogi und der Krebskranke

Krebskranke, die dem Tode entgegengehen, haben genauso wie gesunde Menschen Stimmungsschwankungen und tageszeitlich bedingte Aktivitäts- und Passivitätsphasen. Die leidhaften Begleiterscheinungen dominieren jedoch das Leben immer mehr. Um es besser zu verstehen, schaue ich mir dieses Leiden genauer an: Der Kranke fühlt sich körperlich schwach und antriebslos, möglicherweise hilflos und ausgeliefert. Er möchte oft schlafen, vergessen, in Ruhe gelassen werden, erlebt Stimmungsschwankungen, ist häufiger depressiv, manchmal überdreht. Er hat Angst vor dem Tod und der Ungewissheit, vor dem Schmerz und dem Andauern des Schmerzes, vor dem Zurücklassen von Eigentum, Angehörigen, Freunden, Sicherheiten und Gewohnheiten, erlebt eine starke Verengung seines Aktionsradius. Oft ist das Erkennen der Gegenwart reduziert, und der Kranke lebt in Traumwelten.

Leiden eines Krebskranken, speziell, wenn es ein zum Tode führender Krebs ist, ist vielen von uns bekannt. Eigentlich wollen wir es aber gar nicht so genau wissen. Für unser eigenes Leben in Gesundheit ist der Krebs eine Bedrohung, ein Krebskranker macht uns unsicher und hilflos. Gäbe es da keine Verpflichtung, wir würden den zu pflegenden Krebskranken gerne aus unserem Leben fernhalten.

Anders ist es bei einer Mutter, die ihr Kind innig liebt. Bei ihr steht die Zuneigung im Vordergrund, nicht die Verpflichtung. Sogar das Entsorgen der Exkremente ist dann ein liebevoller Akt. Das ist also auch möglich.

In Indien habe ich einen Yogi erlebt, der schwerstkrank war und wohl kurz vor seinem Tod stand. Sein Körper war aufgebläht und er konnte kaum sprechen, hatte Herzrhythmusstörungen ... Er lächelte permanent fröhlich, war interessiert an seiner Umwelt und freute sich über jedes Gespräch. Ich fragte ihn, warum es ihm denn so gut ginge, der Körper wäre doch wohl in einem erbärmlichen Zustand. Er lachte, so viel er noch lachen konnte, und sagte: Das ist doch nur der Körper, völlig uninteressant, er stirbt gerade – mich kümmert es nicht. Völlig überzeugt und authentisch kam das zu mir herüber. Er strahlte Mitgefühl und Liebe zu allen Wesen aus. Das hat mich tief beeindruckt.

Ein buddhistischer Mahayana-Yogi hat sein ganzes Leben diese Liebe geübt, praktiziert. Es ist der Kern seiner Meditation. Für mich klang das früher recht eigenartig: Liebe kann man doch nicht üben, entweder hat man sie oder man hat sie nicht. Das sieht der Yogi anders. So wie ein Bodybuilder täglich in die Muckibude geht, übt er den Muskel für Mitgefühl und Liebe über Stunden jeden Tag. Für uns sehr abgefahren. In Tibet heißt der Yogi nach seiner Ausbildung *Lama*, dabei steht das *ma* für das mütterliche Prinzip, die Mutterliebe als Grundlage jeder Meditation.

Jetzt möchte ich auch das Yogi-Bewusstsein in mir wachrufen, das ich bei den Meistern in Nepal erleben durfte. Zunächst klappt das überhaupt nicht. Ich habe weder Lust noch Zeit, bin zu müde und habe meine Zweifel.

Da fange ich dann lieber anders an: Ich gehe von meiner Wohnung in den Supermarkt einkaufen, treffe hundert Menschen und sehe ihre Gesichter. Was denke ich? Meistens: der alte Nazi-Opa; die hässliche Frau; oh geiles Teil – schöner Hintern; das ist bestimmt ein Juppy – ekelhaft; ah – wieder die Türkin an der Kasse, die wollte mich mal betrügen; ah, süßes Kind – läuft gleich gegen mich, ausweichen ... Meine Gedanken über andere Menschen werden also überwiegend von Aversion, Abwertung, Aggression, sexueller Stimulation und auch Unsicherheit und Angst bestimmt.

Das ist in der Meditation nicht anders, nur kommen da noch Pläne, Erinnerungsszenen etc. hinzu. Würde ich an Krebs erkranken, würden sich meine Gedankenmuster nicht grundlegend ändern. Ich erkenne die Wirklichkeit, wie sie ist. Das läuft wirklich in meinem Kopf ab. Ich bin kein Saubermann, habe an beiden Händen mehrschichtig Schmutz, bin von wechselnder Negativität dominiert. Okay, so bin ich drauf ..., so ist es halt.

Aber ich habe mich ja jetzt zur Einkehr entschlossen, ich werde ja Yogi. Also mache ich einmal die Yogisimulation:

Ich gehe von meiner Wohnung in den Supermarkt zum Einkaufen. Ein paar Sekunden nach dem Durchschreiten der Haustüre wünsche ich allen Wesen auf der Straße alles Gute. Das führe ich auf der Straße fort. Dieses Prinzip wird im tibetischen Buddhismus *Mön Lam* genannt, gute Wünsche für andere Wesen. So beginnt auch jede Meditation.

Ich erblicke auf meinem Fußweg also den ersten alten Mann – sehe ihm, entgegen meiner Gewohnheit, ins Gesicht, denke dabei und kurz danach »alles Gute für dich«. Dieses »du bist bestimmt ein Nazi-Opa« ist auch noch kurz aufgekommen, aber ich erlebe es als Aufflackern meiner eigenen Angst. Weiter geht es Richtung Supermarkt: Bettler, Mütter, Omas und attraktive Frauen. Und immer wieder das »alles Gute Dir«. Es ist kein Problem, als Baby-Yogi einkaufen zu gehen. Ich bin ja auch abgebrüht: Wenn ich nach einer Minute vergessen habe jedem Mit-Shopper alles Gute zu wünschen, ärgert mich das nicht. Ich will ja schließlich nicht wieder den Orangensaft vergessen. Also, ich würde sagen: läuft! Als Yogi zum Supermarkt klappt jedenfalls besser als in der Meditation.

Jetzt schwenke ich einmal von mir als Baby-Yogi zu einem Mahayana-Yogimeister. Wie erlebt er die Menschen und Tiere? Er meditiert täglich mehrere Stunden über Liebe, Mitgefühl und Anteilnahme zu allen Lebewesen. Im Extremfall 24 Stunden, also auch im Schlaf und im Traum.

Das Prinzip ist, dass der Yogi eine mitfühlende Grundeinstellung entwickelt (etwa wie beim Supermarktbesuch angewendet). Dann übt er visuelle Vorstellungen von Licht und Rauch – symbolisch für Freude und Leiden stehend –, die er mit dem eigenen Atem kombiniert. Der Yogi reduziert so geistige Abwanderung und die Übungen bekommen eine sehr große Energie. Diese Systeme heißen *Maitri* und *Tonglen*.

Soziale Meditation

Jede klassische buddhistische Meditation beginnt damit, allen Lebewesen alles Gute zu wünschen. Das ist keine Show, das ist die Voraussetzung. Tiere, Nachbarn, Familienangehörige ..., alle werden mit einbezogen. Sonst funktioniert es nicht. Andere Lebewesen, deren Geräusche, Worte und Taten werden mich andernfalls früher oder später in der Meditation stören, ja jeden Fortschritt torpedieren. Der Yogi meditiert natürlich nicht auf Mitgefühl, weil er in der Meditation nicht gestört werden will, sondern weil er ein Bedürfnis danach hat, seinen Geist zu erkennen.

Die soziale Meditation hat noch einen anderen Sinn. Viele unserer Probleme kommen schlicht dadurch, dass wir unsere Ängste, Lebenserfahrungen, Interessen und Vorstellungen ins Zentrum unseres Lebens stellen. Ich, Ich, Ich, Ich. Und plötzlich ist alles voller Schwierigkeiten. Diesen Prozess nennt man *Festhalten an der Ich-Illusion* oder *Glaube an ein festes Ich*. Es ist ein Verengen, ein Verkrampfen nach innen. Das kann nur auflöst werden, wenn man sich mit anderen beschäftigt, ihnen alles Gute wünscht und sich bemüht ihnen zu helfen.

Manchmal werden Buddhisten kritisiert, weil sie in der Meditation allen Wesen nützen und helfen wollen, ihnen dann aber im wirklichen Leben das Leiden anderer egal zu sein scheint. Sozusagen sich selber nützen, indem man meditiert anderen zu nützen. Richtig verstanden sollte jedoch buddhistische Meditation auch wirklich anderen Lebewesen helfen, sowohl auf der geistigen als auch auf der materiellen Ebene. Historisch gab es da sicher eine Menge Scheinbuddhisten.

Der Wunsch, dass es anderen Lebewesen gut geht, und das Kultivieren dieses Wunsches durch häufige Wiederholungen sind die geistige Grundlage, um aus einem Gefühl der Verbundenheit zu anderen zu handeln. Echte Hilfe ist sehr oft nicht nur materielle Hilfe, sondern das Übertragen von positiven Gefühlen – und die können nur durch eine entsprechende Grundhaltung entstehen. Hat sich das bei mir nicht entwickelt, so kann ich es etwa durch *Maitri*-Meditation üben.

Erst durch soziale Gefühle entsteht das Bedürfnis, anderen auch konkret zu helfen. Bei der *Maitri*-Meditation lernt man langsam beginnend, positive Gefühle zu anderen zu entwickeln. Man fängt mit geliebten Kindern und Haustieren an und arbeitet sich dann zu mit immer mehr Aversion besetzten Wesen weiter vor, bis man letztendlich allen Wesen im ganzen Universum alles Gute wünscht. *Maitri* ist eine Art Empathie-Training. Diese Empathie ist zwingende Voraussetzung für weiterführende Meditationen und auch für positive Resultate von anderen Übungssitzungen. In der Tat sind viele Probleme, die von buddhistischen Meditationsschülern berichtet werden, schlicht auf eine zu geringe Ausbildung der Empathie zurückzuführen.

Jede buddhistische Meditation wird von einer Empathie- und einer Altruismus-Übung eingerahmt: Am Anfang wünscht man allen Lebewesen alles Gute. Der Fachbegriff dafür ist *Entfalten von Bodhicitta*. Und am Ende verschenkt man den spirituellen Verdienst, der durch die Meditation gewonnen wurde, an alle Wesen.

Dieses Prinzip der Liebe für andere ist immer auch eine Befreiung von der Enge der eigenen Ich-Probleme zur unendlichen Weite, in der sich alle Lebewesen befinden. Als Hardcore-Egoist hatte ich damit meine Probleme. Immerhin empfand ich vor nicht allzu langer Zeit über 99 % aller Menschen und Tiere in meiner

Umgebung als meine Feinde. Alles voll scheißender Hunde, schreiender Kinder, stechender Insekten, wütender Opas, unfreundlicher Verkäuferinnen; meine Eltern, meine Geschwister, meine Exfrauen ... alles potenzielle Nervensägen. Es hat mich viel Zeit gekostet, da auch nur einen Ansatz an Empathie und Liebe zu empfinden. Aber es hat geklappt. Auf einmal sind die Menschen so freundlich zu mir. Haben sie etwas genommen? Ich habe mich – subjektiv – nicht verändert. Oder doch? Die eigene Veränderung ist schwer einzuschätzen.

Wenn man täglich eine Stunde meditiert, sollten mindestens fünf Minuten für die Sozialmeditation *Bodhicitta*-Entfaltung aufgewendet werden. Der Standard ist das dreimalige Sprechen und Wünschen der *vier Unermesslichkeiten*:

Mögen alle Wesen glücklich sein und die Ursache für Glück besitzen.

Mögen sie frei sein von Leiden und der Ursache für Leiden.

Mögen sie ungetrennt sein vom höchsten Glück, das frei von Leiden ist.

Mögen sie in unermesslichem Gleichmut verweilen, ohne Anhaftung oder Abneigung gegenüber Freund oder Feind.

Das ist schon eine sehr anspruchsvolle Meditation, weil man ja auch die eigenen Feinde mit einbezieht. Ich habe Jahre gebraucht, um Moslems und Polizisten, die ich früher als meine Feinde angesehen habe, alles Gute wünschen zu können. Heute klappt es. Neulich bin ich sogar bei einem Ampel-Rot-Verstoß mit dem Fahrrad bei einer Polizeikontrolle glimpflich davongekommen. Ich weiß nicht wie – aber *Maitri* wirkt.

Der ungewöhnliche Sterbeprozess

Als Yogi bin ich sehr daran interessiert, zu erfahren, wie mein eigener Sterbeprozess ablaufen wird – sowohl die Stunden vor dem Herzstillstand und gleich danach, als auch die Zeit des Siechtums davor, wenn es bei mir dazu kommen sollte.

Menschen in höherem Alter sind oft geistig auf ihre Lebensgeschichte fixiert. Es kommen Erinnerungen, Bilder aus der Vergangenheit – möglicherweise erleben sie die Gegenwart in einem Modus, der mehr dem der Kindheit, Jugend oder dem jungen Erwachsenen-Erleben entspricht. Alte Menschen sind häufig verliebt in ihre Vergangenheit. Diese Tendenz des Geistes nennt man im tibetischen Buddhismus *Wind des Karmas*. Mich holen meine vergangenen Erfahrungen und Taten ein. Der Prozess hat eine große Macht, er trägt mich wie ein starker Wind davon. Sowohl die Erinnerungen, vergangene Bilder, als auch der Geisteszustand, den ich hatte, als ich sie erlebte, kommen in mir hoch. Angst, Aggression, Verzweiflung, Freude, Liebe ...

Für einen befreienden, Leiden überwindenden Verlauf des Sterbeprozesses ist entscheidend, dass ich weiß, was abläuft. Aha: Vergangenheitsbilder, aha: Verzweiflung, aha: Angst, aha: Liebe, aha: Freude ... Ich erlebe die Gefühle, Erinnerungen und Vorstellungen also nicht ausgeliefert, nicht mit ihnen identifiziert, sondern erkenne sie als Bilder im Spiegel meines Geistes. Der Geist ist völlig unbewegt, lediglich die Bilder ändern sich ständig.

Das hört sich alles locker und leicht an, aber leider schaffen diesen Erkenntnisprozess nicht viele. Und das Dumme ist natürlich auch, dass sie nicht darüber berichten können – speziell wenn es um das letztliche Sterben geht.

Eine langjährige Freundin hat tatsächlich ihre letzten Lebens-
jahre in der yogischen Tradition gelebt. Es war Irmgard Koch, die
während ihrer langjährigen Krebserkrankung keine Schmerzmittel
und keine Chemotherapeutika nahm und in Meditation den Zerfall
ihres Körpers erlebte. Sie starb 2007 im buddhistischen Zentrum in
Halscheid. Über ihren Sterbeprozess habe ich ein kleines Buch
geschrieben, das mir geholfen hat diese Vorgänge besser zu
verstehen (Titel: Früchte buddhistischer Praxis am Lebensende).

Nach dem buddhistischen System sind alle Handlungen und
Gedanken, die eine Ich-Vorstellung beinhalten und eine Abspaltung
dieses meines Ichs von dem Ich anderer unterstellen, von
unterschiedlichen sogenannten Geistesgiften getriggert. Die
Aversion gegen Menschen und Situationen, die Identifikation mit
eigenen Gefühlen und Vorstellungen und der Drang, andere zu
kontrollieren, entstehen unter anderem aus diesen Geistesgiften.
Es gilt, sie zu überwinden, Liebe, Mitgefühl, Nicht-Identifizierung
und Kontrollaufgabe zu kultivieren und somit bestehende geistige
Gewohnheiten zu verändern.

Die Dunkelmeditation

Die Ursache, dass wir in unseren Problemen und Gedanken gefangen sind, ist einmal, dass sie permanent, jede Millisekunde auftauchen, und andererseits, dass wir uns mit ihnen identifizieren. Ohne Identifikation können Gedanken, die die Bausteine der Probleme sind, zwar auftauchen, haben aber keinen leidhaften Eindruck auf uns. Wir verkleben nicht mit ihnen, haften nicht an.

Mein eigener Geist hat also zwei verschiedene Modi: Im einen identifiziere ich mich mit meinen Gedanken, im anderen identifiziere ich mich nicht und kann sie loslassen. Identifikation führt letztlich zu Leiden – Wissen-Um und Loslassen führen zur Befreiung. Dahinter stehen zweierlei Erkenntnisse: sowohl die Achtsamkeit auf die Gedanken selbst (ich weiß um sie, wenn sie erscheinen) als auch die Erkenntnis, dass sie sich von selbst auflösen (ich brauche somit nichts zu tun). Gedanken können Ausdruck sein von Sorgen, Trauer, Sehnsucht, geistigem und körperlichem Schmerz, Aggression, Angst – aber auch von Freude und Erregung. Weder die Gedanken noch die Gefühle möchte ich ausrotten. Es geht primär um das Erkennen ihrer Präsenz und der Möglichkeit des Loslassens.

Was ist nun diese Identifikation – und wie kann ich sie loswerden? Es hat etwas mit Absicherung zu tun. Mit Standort-bestimmung, Positionierung, mit eigener Interessenvertretung, Aufrechterhalten eines bestimmten Stimmungslevels. Sicherheit durch Versicherung, durch Rückversicherung. »Es ist jetzt zwei Uhr, in einer Stunde bin ich zuhause«, »Mein Hund mag mich«, »Heute wird es nicht regnen«, »Ich habe meinen Schlüssel dabei, ich komme in die Wohnung«, »Mein Magen macht keine Probleme«,

»Ich bin leistungsfähig«, »Meine Freundin geht mir nicht fremd« ... Tausend Sicherheiten, tausend gedankliche Absicherungen – unterstützt von der räumlichen, zeitlichen, sozialen etc. Orientierung. Diese Absicherungen finden in Bruchteilen von Sekunden statt, produzieren aber auch immer wieder längere diskursive Gedanken.

Werden diese Sicherheits-Spinnfäden, die mich vermeintlich halten, abgeschnitten, brechen auch die Gedanken-Konglomerate zusammen. Es taucht eine große Unsicherheit auf, die Angst, aber auch Offenheit entstehen lassen kann. Das Erleben ohne diskursive Gedanken ist eine neue Welt, ohne dass die alte verschwunden wäre.

Es ist, ihr werdet es ahnen, eine große Chance für die Erkenntnis des eigenen Geistes und für die Zeit des Todes.

So, jetzt »Butter bei die Fische«: Eine Möglichkeit, die leidhaften Gedanken-Konglomerate zu beenden, ist das Aufheben der Außenreize, hier speziell der optischen als der für uns wichtigsten Reize, durch das *Dunkelretreat*.

In einem völlig, zu 100 % dunklen Raum setze ich mich hin. Ich kann die Augen schließen oder geöffnet haben, erlebe die Dunkelheit – die Orientierungsunmöglichkeit. Ich kann einfach nur so dasitzen und nichts tun oder auf den Atem achten oder Visualisierungen durchführen. Es gibt keine Orientierung, obwohl ich aufrecht sitze und nicht schlafe. Das ist schockierend für den Geist. Manche bekommen Angst, manche Halluzinationen, andere werden nur müde oder es passiert wieder mal nichts.

In Tibet gab es einige buddhistische Schulen, in denen Dunkelmeditation über Monate praktiziert wurde. Nahrungsmittel reichte man durch eine spezielle Schleuse.

Diese Praxis ist natürlich etwas für Fortgeschrittene, unter Anleitung eines kompetenten Lehrers, sie macht deutlich, dass es wirksame Methoden und Mittel gibt, durch die das normale Alltagsdenken abgeschnitten wird und man relativ schnell verstehen kann, wie der eigene Geist funktioniert. Vor Experimenten ist zu warnen. Man sollte es weder in Eigenregie noch ohne Vorbereitungsübungen durchführen. Die Dunkelmeditation kann von einem Yogi unter Anleitung eines erfahrenen Lehrers durchaus täglich für eine Stunde praktiziert werden, sie kann Teil des Übungsprogramms sein. Es kann schon einiges passieren. Der eigene Geist ist nicht wirklich darauf vorbereitet, von Reizen abgeschnitten zu sein. Ich empfinde das als Herausforderung.

Ich habe einmal schon nach 20 Minuten einen externen Geist gesehen, obwohl ich vorher noch nie so etwas als Erwachsener erlebt habe. Man kann sozusagen seinem Bewusstsein zusehen, wie es anfängt seine eigene visuelle Welt zu erschaffen. Und diese dann auch wieder auflöst.

Der Yogi und das Erdbeben

Etwa zwanzig Mal habe ich Nepal besucht, bin in Klöstern und Einsiedeleien gewesen, habe einige Trecks gemacht, heilige Orte besucht und mir oft den Alltag der Menschen angeschaut.

Ihre Gesichter strahlen trotz bitterer Armut oft Freude, Frieden und Ruhe aus, wie es mir in unserer Kultur fremd ist. Wenn ich nach einem Nepal-Aufenthalt zurück nach Deutschland kam, in den Supermarkt einkaufen ging, kam ich mir häufig vor wie auf einem Horrortrip. Alle waren so ernst und geschäftig, viele schauten an einem vorbei oder grimmig. Ein extremer Kontrast. Ich denke dann immer, meine Landsleute haben etwas Grundlegendes nicht verstanden – von innen her glücklich zu sein. Nicht dass ich das verstanden hätte, aber der Unterschied der beiden Erlebniswelten war schon riesig.

Dieses grundlegende Wohlsein ist in Nepal einfach in der Kultur fest verwurzelt, auch wenn es heute durch Kommerz und Überinformation zum Aussterben verurteilt scheint.

Dieses Bild vor Augen, bin ich im Herbst 2015, ein halbes Jahr nach einem verheerenden Erdbeben, nach Nepal geflogen und habe Gesichter fotografiert. Gesichter, die das alte Nepal widerspiegeln, Buddhisten, Hindus, Yogis und Bettler. Und Affen. Affen an der Swayambhunath-Stupa auf einem historischen Hügel am Rande von Kathmandu. Sie stehen für mich für Hochachtung auch vor den nicht-menschlichen fühlenden Wesen in der buddhistischen und hinduistischen Kultur. Es sind tausende Affen auf dem Hügel. Sie können durchaus dem Menschen gefährlich werden, übertragen Krankheiten. Aber sie bewegen sich wie Menschen im Straßenverkehr, tragen ihre Kinder auf dem Bauch und dem

Rücken, treten allein und in Gruppen auf. Man sagt, dass sie den Hindus heilig seien, weil sie einen Gott verkörperten. Dies sei der Grund, weshalb ihnen keiner etwas täte, sie nicht in einen Zoo eingesperrt würden oder auf dem Mittagstisch landeten.

Ich werte das leicht ab: Aberglaube, lächerlich. Es ist aber auch eine Sichtweise der Welt, ein Geistesmodus. Wenn ich einen Affen als göttlich und mir sehr nahe stehend erfahre, habe ich einfach ein anderes Bewusstsein, als wenn ich ihn töten will, Angst vor ihm habe, ihn als Nahrung ansehe. Das sind zwei Extreme meines Geistes, das eine heilvoll und das andere unheilvoll.

Für die Vorbereitung auf den eigenen Tod empfehle ich eher sich dem Heilvollen zuzuwenden. Deshalb habe ich Affenfotos gemacht.

Das Erdbeben im April 2015 hat in Nepal 8 800 Tote gefordert, 20 000 Menschen wurden verletzt und 800 000 Häuser zerstört. Wenn das in Deutschland passierte, etwa durch einen Terrorakt in der City von Köln, sähe man es als Zeitenwende an – wie etwa die Anschläge des 11. September 2001 in New York. Bei Nepal war es anders. Nach ein, zwei Monaten war das Thema aus den Schlagzeilen verschwunden; es war nur eine Naturkatastrophe, kein Terror, nicht so wichtig. Ich fuhr in dieser Zeit dorthin. Die Menschen litten außer unter den Zerstörungen des Bebens noch unter Nahrungsmittelknappkeit wegen eines Konflikts mit Indien. Zudem gab es kaum Benzin und Gas. Es fuhren nur etwa 10 % der Autos. Also mietete ich mir ein Cross-Bike und fuhr durch die Stadt, machte Fotos. Die Menschen waren sanft und freundlich wie immer, manche natürlich traurig wegen der Verluste, die sie erlitten hatten. Es war noch mein altes Nepal.

Tod im traditionellen Vajrayana-Bhuddismus

Die Phowa-Praxis

Warnung: Die Erklärungen über Phowa und Tschö sind nur als Denkanstöße zu sehen, keinesfalls als Meditationsanleitungen oder umfassende Darstellungen.

Im tibetischen Buddhismus gibt es eine Methode des bewussten Sterbens, bei der das eigene Bewusstsein in der Körpermitte konzentriert und dann willentlich aus dem Körper herausgeschossen wird. Der Geist wird eins mit dem Buddha des grenzenlosen Lichts, Amitabha. Ich als der Buddha löse mich dann auf und das Bewusstsein *ist* der grenzenlose, unendliche Raum des Geistes. Dieses ist die klassische tibetische Todesmeditation, die auch hier im Westen von buddhistischen Lehrern vermittelt wird.

Phowa ist eine 1000 Jahre alte Methode, die u. a. auf den indischen Meister und Yogi Naropa (1016–1100) zurückgeht.

Die 6 Yogas des Naropa, von denen die Phowa eines ist, sind alle sehr anspruchsvolle Praktiken und Teil der Standardausbildung eines tibetischen Lamas.

Zum Zeitpunkt des Todes wird empfohlen diese Phowa-Praxis anzuwenden. Um sie zu erlernen, wird einige Wochen lang nach Anweisung eines Meisters geübt und der Ablauf regelmäßig wiederholt. Damit man zu einem solchen Kurs zugelassen wird, muss man meistens vorher für einige Monate bestimmte Meditationsvorübungen durchgeführt haben. Will ich die Phowa praktizieren und mich so auf den eigenen Tod vorbereiten, ist es ratsam, das tibetisch-buddhistische System etwas zu kennen. Die Praxis ist keine Anfängermeditation und sollte nicht als Psychotrip missverstanden werden.

Im System des Vajrayana-Buddhismus tibetischer Prägung wird während der Phowa-Sitzung der eigene physische Körper aufgegeben, das heißt, ich wende mich geistig vom eigenen Körper ab und stelle mir vor ein befreites Lichtwesen zu sein (*Jidam*), das zwar alle fünf Sinne meines materiellen Körpers hat, aber nicht körperlichen Krankheiten und Beschwerden unterliegt, da es keine physisch fassbare Existenz besitzt. Die Fixierung auf den Körper aus Fleisch und Blut wird somit überwunden.

In diesem Lichtkörper, vergleichbar einem Hologramm, befinden sich nun Energiekanäle, Lichtleitungen, die analog zu meiner physischen Wirbelsäule vom Gesäß bis zur obersten Stelle meines Kopfes führen. Ich als Lichtwesen mit den Energiekanälen führe dann in meiner Vorstellung die Phowa durch. Es gibt hier nicht mehr die Schwere und Fixierung auf meine physiologische Existenz.

Dieses Bewusstsein zu erlangen und zu kultivieren ist ein wesentlicher Teil der notwendigen vorbereitenden Praxis zur Phowa. Der lichthafte Buddhaaspekt ist in erster Linie Ausdruck der natürlichen Fähigkeit meines eigenen Geistes. Das heißt, er manifestiert sich spontan, wenn ich an ihn denke, und zeigt mir die Unbegrenztheit meines Geistes. Zu verstehen, dass es nicht um künstlich erzeugte Halluzinationen geht, ist hier sehr wichtig.

Die Stärkung meiner visuellen Vorstellungskraft ist also eine Vorübung für diese Praxis: Visualisieren ist eine sehr wirkungsvolle Methode, um bewusst und absichtlich unterschiedliche Gefühle in mir hervorzurufen. Das kann Freude und Liebe, aber auch allgemein Erregung sein. In unserer westlichen Kultur wird diese

Möglichkeit des Geistes zu Gunsten von intellektuellem Denken und verbalen Konstrukten oft vernachlässigt.

Aus dieser kurzen Beschreibung geht hervor, dass es einer gewissen Übung der eigenen Vorstellungskraft bedarf, wenn ich diese anspruchsvolle Praxis durchführen möchte. Das bezieht sich sowohl auf das Lichtwesen, als das ich mich selber visualisiere, als auch auf den Buddha des grenzenlosen Lichts, den ich mir über meinem Kopf im unendlichen Raum vorstelle und in dessen Herz-zentrum ich meinen Geist katapultiere.

Natürlich sollte es auch eine grundsätzlich positive Einstellung gegenüber dem Buddhismus geben sowie die altruistische Geistes-haltung geübt werden und bekannt sein. Zudem ist eine enge Verbindung zu einem Meister, der als Lehrer fungiert, notwendig. Es handelt sich nicht um ein imaginäres Videospiel, sondern um sehr starke, dominierende Gefühle von Hingabe an den Meister und die Buddhas, die mit visuellen Vorstellungen verknüpft sind.

Für den nüchternen westlichen Betrachter erschließt sich der Sinn der vorgestellten, umfangreichen Aspekte nicht leicht. Es ist aber genau die Entwicklung der Vorstellungskraft, die den Geist flexibel macht und die konzeptionelle Enge überwinden hilft.

Die Phowa zu lernen, kann nur Menschen empfohlen werden, die fest davon überzeugt sind, dass Vajrayana-Buddhismus für sie das Richtige ist. Zweifel sind kontraproduktiv. Tiefgreifende Erfahrung hat auch immer etwas mit Loslassen und Hingabe zu tun, und natürlich mit dem Aufkommen von Gefühlen der Liebe und des Vertrauens zu allen fühlenden Lebewesen und zu den Übermittlern der Lehre.

Pikant ist hierbei die Frage, ob beispielsweise gläubige Christen, eingefleischte Naturwissenschaftler oder dem Buddhismus neutral gegenüberstehende Menschen die Phowa praktizieren können und sollten.

Vom Standpunkt der buddhistischen Lehre wäre das kein Problem, weil ja die Buddhas und die Übungen nur Ausdruck des eigenen Geistes sind. Sie kommen aus dem Geist und verschwinden wieder in ihm. Und auch der eigene Geist selbst ist nicht wahrhaft existent. Ob diese Einstellung auch für Gott oder wissenschaftliche Überzeugungen als zutreffend angesehen werden kann, muss jeder für sich entscheiden.

Vorbereitung auf die Phowa-Praxis

Der wichtigste Moment der Phowa ist das Austreten des eigenen Geistes aus dem Körper und das Verschmelzen mit Buddha Amitabha im unendlichen Himmelsraum, der die Unendlichkeit des eigenen Geistes ist. Es ist wichtig, dass die Phowa, sowohl in der Vorbereitung als auch im Hauptteil, von einem qualifizierten Meister vermittelt wird, der die Grundlagen des Vajrayana-Buddhismus beherrscht und umfangreiche Erfahrung mit dieser Praxis besitzt. Dies hat zum einen den praktischen Grund, Fehler beim Übermitteln zu vermeiden, aber auch den Sinn, den Segensstrom der Meister der vergangenen Jahrhunderte, die jeweils die Methode an ihre Schüler in einer ununterbrochenen Linie weitergegeben haben, lebendig zu halten. Dies nennen die Tibeter *die Kraft der Überlieferungslinie*.

1. Stufe der Phowa-Vorbereitung

Zunächst wird eine Beziehung zu Buddha Amitabha hergestellt.

Wie ich selber, wie die ganze äußere Welt, wie alle Gefühle, Gedanken und Vorstellungen ist auch Buddha Amitabha ein Produkt meines eigenen Geistes.

Buddha und ich sind nicht zwei voneinander verschiedene Lebewesen, sondern dasselbe. Ich muss mir nicht krampfhaft einen rot leuchtenden Außerirdischen vorstellen. Die natürliche Vorstellungskraft meines Geistes hat ganz leicht, ja, wie von selbst die Möglichkeit, sich alles vorzustellen, auch einen roten leuchtenden Buddha vor mir. Das tu ich. Und ich hebe die Trennung zwischen mir und ihm auf. Es gibt keine Fehler, und Bewertungen sind nicht notwendig.

Wenn man neu im buddhistischen Betrieb ist und sich noch nicht an die Vorstellung von Buddhas gewöhnt hat, ist es hilfreich, während des Sonnenaufgangs oder Sonnenuntergangs die Vorstellung von Buddha Amitabha zu kultivieren. Ich habe da freie Hand. Ich kann in die rote, strahlende Sonne schauen, die wahnsinnige Energie spüren, das Gefühl von Unendlichkeit und Grenzenlosigkeit. Ich kann mir zusätzlich zur visuell wahrgenommenen Sonne Buddha Amitabha vorstellen, indem ich sein Mantra OM AMI DEVA CHRI spreche. Ich kann mir auch zusammen mit dem Mantra Millionen kleine, rot leuchtende Amitabhas vorstellen, die sich durch die Luft bewegen und auf mich einströmen, wie Regen, der auf mich fällt. Dieser Regen ist dann ein Teil von mir. Ich kann mich sogar vollständig selber als Buddha Amitabha vorstellen. Da bin ich frei in meinen Vorstellungen.

Oder ich kann einfach den Empfehlungen eines kompetenten Lehrers folgen.

2. Stufe der Phowa-Vorbereitung

Die Phowa ist kein Videospiel und auch kein Drogentrip. Es geht um mein reales Leben und um mein reales Sterben.

Der eigene Geist erkennt und durchlebt die mannigfachen Möglichkeiten seines Erfahrungsspektrums. Er erweitert in ungeahntem Maß seine Fähigkeiten und erkennt sein Potenzial. Von der Enge zur Weite, von der Fixierung zur Unendlichkeit. Dazu gehören auch die eigenen Emotionen, die Ängste, die sozialen Niederlagen, die Traurigkeit, die Entscheidungsunfähigkeit ... auch meine Stärken und Fähigkeiten, meine Glückserfahrungen ... mein gesamtes Spektrum an vergangenen Erfahrungen und Identifizierungen. Dieses alles zusammen, inklusive des geistigen und körperlichen Schmerzes, ist meine persönliche *Ichvorstellung*.

Genau so, wie ich bin, sitze ich da und meditiere. Ich will da nichts verbessern oder manipulieren.

Ja, und der Buddha, was ist mit dem, in der schönen roten, untergehenden Sonne? Er ist genauso wie ich, hat Gefühle von Liebe und Verständnis, genau wie ich. Er ist wie der beste Freund, wie der buddhistische Meister, der mir Belehrungen gibt. Menschlich-emotional gibt es keine Trennung zwischen mir und dem Buddha Amitabha. Es ist der befreite, leidensfreie Aspekt von mir selber, meines eigenen Geistes. Wie schön! Daran erfreue ich mich.

Diese emotionale Beziehung, fast könnte man sagen Einheit, von Buddha Amitabha und mir ist der eigentliche Kern der Phowa. Mich dahin zu führen ist die Aufgabe des Meisters.

Bedenken bezüglich asiatischem Firlefanz und Zweifel waren gestern.

Freudiges Erleben der Möglichkeiten des eigenen Geistes ist heute.

Sterben in Befreiung ist morgen.

Es kommt darauf an, diesen Optimismus nach Kräften zu kultivieren.

3. Stufe der Phowa-Vorbereitung

Aufgeben der Vorstellung von Konditionierung:

Das Sprechen des Mantras von Buddha Amitabha ist hilfreich, um den Kontakt zu ihm aufrecht zu erhalten, diese Gewohnheit als einen Modus der Arbeit mit dem eigenen Geist zu etablieren. Auch regelmäßige Gebete und Erklärungen des lehrenden Meisters helfen mir dabei.

Völlig unabhängig davon kann ich zu jeder Sekunde meines Lebens mental Kontakt zum Meister und zum Buddha aufnehmen, an ihn denken, ihn spüren. Es bedarf dafür keiner Bedingungen – in der Straßenbahn, im Auto, beim Spazierengehen, beim Essen, Kochen, Einschlafen, Aufwachen, im Traum oder halt im Tod.

Unser Geist kann immer dahin gehen, wo er will, auch wenn er meint, er könne es nicht.

Die Tschö-Praxis

Die erste fortgeschrittene Todesübung ist die Phowa, die zweite ist das Tschö, das Opfern des eigenen Körpers. Es gibt viele Varianten dieser sehr alten Praxis. Einer der Urväter, der Tschö nach Tibet brachte, war Phadampa Sangye (12. Jahrhundert).

Empfänger sind die persönlichen Feinde, Tiere und Dämonen. Beide Übungen vollziehen ein Loslassen des eigenen, geliebten, gehätschelten und als notwendig erachteten physischen Körpers. Das Dogma »was gut für meinen Körper ist, ist gut für mich«, »ich bin mein Körper«, »das Leiden meines Körpers ist mein Leiden« wird durchbrochen.

Es geht also um die Befreiung von der Anhaftung am eigenen Körper. Dabei will ich mich weder umbringen, noch möchte ich den Körper schädigen, es geht darum, die Angst vor diesen Prozessen zu überwinden und nicht die Prozesse selber physisch durchzuführen. Es geht um Übung des eigenen Geistes, um sonst gar nichts.

Im alten Tibet, wo über eine Dauer von 1 200 Jahren Vajrayana-Buddhismus praktiziert wurde, war das Auslegen von Verstorbenen als Fraß für wilde Tiere durchaus üblich, die sogenannte Himmelsbestattung. Meditationsprofis, die sogenannten Yogis, saßen an Leichenäckern und praktizierten dort die hier beschriebene Tschö-Praxis, das Opfern des eigenen Körpers in der persönlichen Vorstellung. Als Resultat hieraus wird man nicht verrückt, sondern erlangt Unabhängigkeit von der ständigen Sorge um die Unversehrtheit des eigenen Körpers. Eine große Last fällt von einem ab – eine große Errungenschaft für den praktizierenden Yogi.

Ich visualisiere beim Tschö, dass ich mich, nach verschiedenen Vorbereitungen, außerhalb meines eigenen Körpers befinde. Mein physischer Körper liegt also tot vor mir. Ich bin ein befreites Wesen, das rot leuchtet, als Hologramm-ähnlicher Lichtkörper erscheint und sich auf eine bestimmte Art bewegt. Ich meditiere in einem Buddha-gleichen Lichtkörper und bringe meinen physischen Körper nun in einer Zeremonie meinen Feinden und Dämonen zum Essen dar.

Der gesamte Prozess dauert ein bis zwei Stunden und umfasst in der klassischen Version auch Töne auf einer Knochentrompete (menschlichen Ursprungs), Trommel-Töne, Mantras, Gesänge, Schreie u. a. ... Entscheidend ist jedoch der Schluss: Alle meine visualisierten Vorstellungen lösen sich am Ende auf, und ich verweile in der Leerheit meiner eigenen geistigen Natur.

Tschö ist zusammen mit der Phowa eine der Hauptübungen in der tibetischen Lama-Ausbildung. Es ist eine ausgezeichnete Vorbereitung auf den eigenen Tod, weil sich die Angst, die mit dem Anhaften an den Körper verbunden ist, auflöst. Die Visualisierungen, die Bewegungen, die Mantras und die Gesänge unterstützen den Geist dabei. Nach der Tschö-Praxis berichten Menschen häufig auch über die Heilung von körperlichen Krankheiten.

Natürlich empfinden wir im Westen Befremdung bei solchen Schilderungen. Natürlich entspricht es nicht unserer Kultur. Niemand zwingt uns solche Praktiken auszuüben, zumal sie für fortgeschrittene Meditations-Yogis gedacht sind. Doch eines Tages wird unser Körper tot sein, es geht um Tatsachen, nicht um verrückte Vorstellungen.

Wir dürfen es aber ausprobieren, einem Meister dabei zuschauen, mit ihm sprechen, es testweise versuchen. Es hindert uns keiner daran, wir werden schon nicht verrückt werden. Das Leben lebt vom Risiko.

Das Tschö ist wie viele andere Meditationen ein Loslassen, ein Weggeben, ein Frei-Machen, ein Ballast-Abwerfen – ein emotional-energetisches Hochfahren bei einer Erhöhung der geistigen Klarheit. Es ist eine starke Erregung, die von einer völligen Entspannung gefolgt wird. Wenn wir unser alltägliches Standard-bewusstsein beibehalten wollen, ist Tschö nichts für uns.

Was bringen Phowa und Tschö für uns Normalverbraucher?

Die Phowa- und die Tschö-Praxis sind nichts anderes als die Simulation des eigenen Todes. Ich übe meinen Körper zu verlassen und mich mit einem befreiten Buddha zu verschmelzen. Letztlich löst sich der Buddha im leeren Raum auf.

Das mag schwierig erscheinen, ist aber für Yogis und erfahrene Meditierer etwas völlig Normales, nach ihrer Meinung sogar normaler als das, was wir unser alltägliches Denken und Erleben nennen. Sie argumentieren so: Auch während jedes Traumes lassen wir unseren physischen Körper zurück und nehmen unseren Traumkörper an, der nicht den physikalischen Gesetzen von Zeit und Raum unterworfen ist. Lediglich ist unsere Erinnerung daran mangels geistiger Klarheit diesbezüglich schwach oder gar nicht vorhanden. Nach Angaben der Meditationsmeister habe ich sogar im Tiefschlaf fantastische Erfahrungen, jedoch weiß ich nach dem Aufwachen nichts mehr davon.

Während des Erlebens von Ekstase oder bei einem Schock löst sich ebenfalls das diskursive Alltagsdenken auf und das klare natürliche Wissen kann sich manifestieren. Aber auch daran habe ich anschließend nur noch eine blasse Erinnerung.

Ich pflege also in einem unklaren, von Verdrängung und Vergessen dominierten Alltagserleben dumpf vor mich hin zu vegetieren, in einem sehr engen Spektrum von emotionaler und wissensbezogener Geistesaktivität. Das Problem: Ich erkenne es nicht, erzähle mir, dass es normal und allgemein üblich ist. Daher habe ich nicht den Hauch einer Ahnung, was mir beim Sterben und nach dem Tod bevorsteht. Der Verlust meiner Gewohnheiten, Lebensumstände und Mitmenschen lässt mich angstvoll werden.

In der Phowa- und Tschöpraxis erweitere ich langsam mein Erfahrungsspektrum, erlebe mich in einem Körper außerhalb meines physischen, arbeite mit verborgenen Licht- und Energiekanälen, spreche Mantras und gute Wünsche für andere ... und gewöhne mich so langsam an eine Welt unabhängig von meinem physischen Körper. Auch Klänge und Musik tragen dazu bei.

Die eigentliche neue Gewohnheit ist, dass ich in meiner Vorstellung mit meinen eigenen Gefühlen spielen kann, in der Lage bin, sie hervorzurufen und sie wieder loszulassen. Im Resultat entsteht so ein fundamentales Gefühl von geistiger Freiheit, von großer Weite im eigenen Geist. Und genau das lässt mich unerschrocken dem Tod gegenüberstehen.

Um solche Methoden wirklich adäquat praktizieren zu können, bedarf es für die allermeisten Menschen einer Vorschulung. Sie lernen sich erst einmal selbst kennen: Wie der Atem automatisch kommt und geht. Wie es ist, allein zu sein. Wie es ist, wenn Angst kommt und wieder geht. Wie ich automatisch meinen Körper verkrampfe und wieder entspanne. Was in mir wirklich vorgeht, ohne wegzurennen. Einfach ruhig sitzen und erkennen, was wirklich abläuft. Wie der eigene Geist praktisch funktioniert. Bevor ich also Phowa und Tschö erlerne, übe ich, in Ruhe zu sitzen und diese Ruhe zu genießen. Ist es nicht fantastisch, wie viele verschiedene Gedanken ich habe? Ist es nicht fantastisch, wie mein Atem immer wieder kommt und geht? Ist es nicht fantastisch, wozu ich alles mental in der Lage bin?

Zu verstehen, was in mir abläuft, ohne es beeinflussen oder verändern zu wollen, ist die Vorbereitung auf alle fortgeschrittenen buddhistischen Übungen. Da ist es gut, etwas Zeit und Energie hineinzustecken.

Erklärungen zum Traumyoga

Vorwort zum Traumyoga

Jeder von uns träumt nachts. Manche können sich gar nicht erinnern, manche erinnern sich an Bruchstücke, andere an ganze Träume und wieder andere können sich an alle Träume einschließlich der Übergänge erinnern. Zudem gibt es den sogenannten luziden Traum, der in den letzten Jahren auch Gegenstand von wissenschaftlichen Untersuchungen geworden ist. Viele Menschen können sich an einen oder mehrere luzide Träume erinnern. Einige wissen aus eigener Erfahrung nichts davon. Man träumt und weiß während des Traumes, dass man träumt. Der Traum ist bis zu einem bestimmten Grad steuerbar: Wenn ich also zum Beispiel träume zu fliegen, kann ich mich entscheiden wohin, welche Gegenden ich besuche und welche Menschen ich treffe. Meist sind luzide Träume die Ausnahme.

Im Traumyoga wird nun diese Fähigkeit des Geistes genutzt um spirituelle Erfahrungen und Erkenntnisse zu machen, beispielsweise den Buddha zu treffen oder eben fliegen zu lernen. Es ist eines der *Sechs Yogas des Naropa*. Dies sind sechs umfangreiche Praxismodule, von denen auch die Phowa eines ist. Klassisch wird Traumyoga vom Lehrer an den Schüler weitergegeben, wenn er etwa zwei Jahre in Klausur täglich 8–12 Stunden meditiert hat und entsprechende Perfektion erlangt hat.

Auch heute ist Traumyoga eine Geheimlehre, trotzdem gibt es im Internet natürlich Informationsmöglichkeiten. Ohne kompetenten Lehrer ist allerdings von der Praxis abzuraten. Als Vorbereitung für eine spätere Traumyogapraxis empfiehlt es sich, eine bestimmte

Einstellung zum eigenen Traum zu kultivieren: Keinen Erfolgsdruck auf sich ausüben, alle Gedanken und visuellen Vorstellungen akzeptieren und nicht bewerten, den Atem bemerken und nicht beeinflussen. Den Körper völlig entspannen und wenn möglich ruhig halten ... Also langsam durch Übung eine Akzeptanzhygiene entwickeln und dem gesellschaftlich verankerten Erfolgsdruck ade sagen ...

Als Vorbereitung für eine spätere »Traumyogaausbildung« kann man auch ein Traumtagebuch führen. Es geht generell um eine größere Bewusstheit – im Traum und im Wachzustand. Da jedoch viele Menschen in einem Ziel-Erreichungs-Programm befangen sind, kann es bei denen, die es falsch machen, zu Schlafstörungen kommen. Richtiges Traumyoga hingegen fördert die Schlaferholung und unterstützt die Tagesaktivität.

Wenn ich mich nun für Traumyoga interessiere und es gerne in Zukunft praktizieren möchte, ist es hilfreich den Klarheitslevel meines Geistes generell zu erhöhen. Das bezieht sich sowohl auf meinen Alltag als auch auf meine Meditation. Ich setze immer wieder Achtsamkeitsimpulse, erkenne meine Situation und meine Befangenheit. Ganz automatisch steigt dann auch die Achtsamkeit im Traum. Einerseits ist Traumerinnerung eine gute Unterstützung meines sich klärenden Geistes, andererseits kann ich aber auch praktisch erleben, dass die Welt in ihrem Wesen eine Illusion ist, und diese Erkenntnis mit in den Wachzustand nehmen. Völlig falsch wäre es, als Anfänger den Träumen prophetischen oder erkenntnisbezogenen Wert zuzuschreiben, also ständig am Tag über sie nachzudenken und ihren Sinn erforschen zu wollen. Hier befände ich mich in Anhaftung, die gerade überwunden werden soll.

Traumyoginin: Interview

Die Traumyoginin Barbara praktiziert als Hobby, ohne vorher ein zweijähriges Retreat gemacht zu haben, seit zwanzig Jahren Traumyoga. Sie führt ein Traumtagebuch und holt sich bei kompetenten Lehrern Anweisungen und Einweihungen, die für klassisches Traumyoga sinnvoll und notwendig sind. Mit ihr führte ich ein Interview.

A[ndi]: Du meinst also, dass, wenn man sich klar an Träume erinnert, möglichst an alle Träume, die man in der Nacht während der Schlafphase hat, dass dann Anhaften gar nicht mehr möglich ist?

T[raumyoginin]: Ja, genau. Es ist dermaßen offensichtlich, dass Anhaften überhaupt keinen Sinn macht. Wenn man sechs Träume in der Nacht erinnert – einer ist ein supertoller Traum, der nächste ist ein ganz bescheuerter Traum, der dritte ist ein lebensgefährlicher Traum, wo man fast stirbt, im nächsten Moment ist wieder alles in bester Ordnung: toll, Party ... dann träumt man im nächsten Moment wieder was komplett anderes ... – dann sticht das dermaßen ins Auge, dass es völliger Humbug ist, daran anzuhaften. Dass jede Anhaftung sich von selbst erledigt. Es ist so extrem, super klar, dass das null Komma null null Sinn macht, an so etwas anzuhaften.

Dann erkennt man, dass es im wachen Zustand genau dasselbe ist. Morgens ist man so drauf, mittags so drauf, nachmittags so, dann trifft man einen miesen Typ, dann einen netten Typ, dann fühlt man sich ausgeschlossen, dann fühlt man sich integriert ... Es ist dasselbe am Tag. Und genau das macht diese ganze Anhaftung völlig gegenstandslos. Darum geht es.

A: Um die Nicht-Anhaftung im Traum?

T: Ja, in beidem. Sowohl im Traum als auch im Wachzustand. Es gibt keinen größeren Anhaftungskiller als Traumbewusstheit. Also, dass man an Träume anhaftet, das tun nur die, die sich nur an Bruchteile manchmal erinnern. Wenn die eine ganz schlechte Traumerinnerung haben, und dann kommt ein intensiver Traum und der ist in einer bestimmten Weise und den erinnern die dann – dann können die noch an dem anhaften. Das sind halt Leute, die mit Traumpraxis nix groß am Hut haben.

A: Ist es denn nicht auch möglich, dass, wenn ich mich viel mit Träumen beschäftige und dann auch häufiger Traumerinnerung habe, dass ich dann am Tage nicht mehr so eine hohe Achtsamkeit auf die gegenwärtigen Dinge entfalte, weil mich die Erinnerung an den Traum so ein bisschen wegdröhnt?

T: Es ist genau das Gegenteil.

A: Aber, angenommen, du wirst im Traum von einem Dämon verfolgt und wachst schweißgebadet auf, dann hast du doch dieses Gefühl dieses Dämons, das spürst du doch noch während des Tages. Und wenn du dich dann noch versuchst daran zu erinnern, dann bist du doch gehandicapt, kannst einen Unfall bauen oder dem Alltag sonst nicht die nötige Beachtung schenken.

T: Nein, es ist genau das Gegenteil.

A: Wieso?

T: Also, man hat einen super krassen Geistertraum, wacht davon auf und hat dieses Gefühl noch und ist noch in diesem Traumerleben drin. Und dieses Traumerleben nimmt man mit in die »Realität« – das schafft dann erst das Bewusstsein, das heißt, man ist sich dieser Situation, in der man sich jetzt befindet, viel, viel klarer bewusst, viel achtsamer und viel gegenwärtiger. Man ist in dieser Traumachtsamkeit noch voll drin und erlebt es als voll bewussten Traum und ist sich des Ganzen komplett klar und hat eine solche Klarheit, die man ohne Traumerinnerung niemals hätte. Hohe Traumachtsamkeit führt also zu hoher Wachachtsamkeit.

A: In der Wachwirklichkeit?

T: Genau, in der Wachwirklichkeit.

A: Es ist also nicht so, dass da Kapazitäten gebunden werden, eben durch diese Traumerinnerung, sondern umgekehrt so, dass Kapazitäten in puncto Achtsamkeit sogar freigesetzt werden?

T: Genau. Ich will es mal ein bisschen genauer erklären: Zum Beispiel hatte ich einmal ... es ist jetzt ein Traum ... und ich wusste, gleich passiert etwas. Und dann passierte es auch. Es kam plötzlich so eine Art Riesenkatze und hat mich angefallen, hat mich in den Hals gebissen, in eine Ader gebissen, und das Blut ist gespritzt und es gab eine Riesen-Blutlache. Und dann bin ich aufgewacht und hatte auch wirklich das Gefühl, ich habe literweise Blut verloren, bin also nur knapp dem Tod entronnen. Dieses Gefühl ist dann ganz stark ins Wachbewusstsein reingekommen. Und in diesem Zustand bin ich dann zum Frisör gegangen.

A: (lacht)

T: Also ich fragte mich, was kannst du in diesem Zustand machen, dann bin ich halt zum Frisör gegangen. Und ich war in diesem Frisörstuhl viel, viel, viel bewusster als jemals sonst.

A: Aber nicht durchgeknallt?

T: Nein, überhaupt nicht durchgeknallt. Ich habe meinen Zustand überbewusst (!) wahrgenommen und habe dann in diesem Bewusstsein im Friseurstuhl gesessen und habe das dann halt so traumhaft erlebt, wie die die Haare schneidet ...

A: Hast du dich auch mit ihr unterhalten?

T: Ja. Ja – unterhalten ...

A: Über Banalitäten.

T: Ja, klar.

A: Und das hat auch alles gut geklappt?

T: Ja, das war eine sehr stark gesteigerte Bewusstheit in dieser Situation. Also viel klarer, viel gegenwärtiger, viel achtsamer als sonst. Diese Achtsamkeit ist die ganze Zeit dageblieben.

A: Du konntest auch gut einkaufen, Fahrrad fahren, den ganzen Kram konntest du locker machen, ohne in irgendeiner Weise gehandicapt zu sein?

T: Ja, klar. Ja, ich hatte, wie gesagt, dieses Gefühl von diesem großen Blutverlust – das hat die Achtsamkeit enorm gesteigert, weil ich mir jeder Kleinigkeit erheblich bewusster war.

A: Und du führst das nun darauf zurück, dass du diesen Traum in der Schlussphase als Traum erkannt hast, oder dass du diese Energie praktisch in den Wachzustand herübergenommen hast? Dass du die Achtsamkeit hochpushen konntest – worauf führst du das zurück? Denn ein anderer wäre vielleicht depressiv geworden, durch die Gegend gelaufen und hätte Angstzustände im Wachzustand bekommen oder wäre zuhause geblieben.

T: Nee, diese Energie, die ich aus dem Traum mitgenommen habe, die hat halt diese Achtsamkeit extrem getriggert. Das war praktisch die Basis der Achtsamkeit. Wie gesagt, das ist halt die lange Erfahrung mit der Traumarbeit, denn diese Geisterträume hab ich ja etwa zweimal im Monat gehabt. Ich kannte das ja schon, auch über einen längeren Zeitraum. Hab ja meine Erfahrungen: Danach passiert nix! Das war mir klar: das ist ein Traum!

A: Das war dir klar beim Aufwachen?

T: Ja, das ist natürlich die lange Erfahrung, die man damit hat, weil man ja ständig was anderes träumt. Man kann ja nicht in jeden

Traum eine prophetische Sache hineininterpretieren. Das wäre völlig Banane. Das wird einem ja klar, wenn man über Jahre hinweg zweimal im Monat einen Geistertraum hat, und es ist noch nie irgendwann danach etwas Besonderes passiert. Und es wird auch niemals etwas danach passieren – und wenn, dann hat es nichts damit zu tun.

Es ist einfach dieses Traumerleben – das steigert halt diese Bewusstheit ganz extrem. Das ist so eine feine, subtile Bewusstheit. Die trägt man in den Alltag und die gibt dem allen eine ganz andere Qualität.

Darum ist genau das Gegenteil der Fall: Man ist in keinster Weise abgelenkt, sondern viel, viel bewusster und hat ein feineres Bewusstsein.

A: Obwohl du an diese Träume nur die Erinnerung hast und während der Träume nicht bewusst warst, nicht luzide warst.

T: Ja, trotzdem. Bei luziden Träumen ist es natürlich noch viel stärker.

A: Du fühlst dich nicht durch die Erinnerung der Träume während des Tages belästigt und fühlst dich auch nicht in deiner geistigen Regeneration beeinträchtigt? Ich hab mich ja auch bei Lamas und Meistern umgehört: Die sagten, dass die Anfänger dann häufiger Schlafprobleme haben, nicht fit am Tag sind – weil sie halt immer versuchen bewusst zu träumen und bewusste Sachen im Traum zu machen – und dann kann bei dem ein oder anderen schon mal, wenn er weniger schläft etc., die Regeneration für den Tag darunter leiden.

T: Dann macht man etwas falsch ... (lacht). Es ist natürlich die große Kunst, in der richtigen – geistigen – Haltung einzuschlafen und in der richtigen Haltung aufzuwachen. Und die richtige

Haltung beim Einschlafen bewirkt, dass es einem beim Schlafen eben nicht behindert.

Und dann fördert es sogar den Schlaf und die Regeneration und Erholung. Ich habe zum Beispiel im Klartraum-Forum gelesen: Da hatte einer die Befürchtung, dass er, wenn er luzide träumt, dann nicht erholt ist. Erfahrene Klarträumer sagen, es ist genau das Gegenteil. Bei luziden Träumen erholt man sich besonders gut. Man muss sich ausrichten, aber dann diese Ausrichtung loslassen.

Es geht um die Entspannung und Offenheit. Dass man mit entspanntem und offenem Geist einschläft, dass man eben nicht diese krampfhafte Fixierung macht – die hält einen natürlich wach.

Man macht es also in der richtigen Art und Weise. Das muss man üben, trainieren. Wenn man es richtig macht, fördert es die Regeneration und den Schlaf, dann hält es einen eben nicht wach.

Es geht darum, mit der richtigen Haltung einzuschlafen.

A: Und aufwachen?

T: Aufwachen, na gut – der Tenzing Wangjal Rinpoche, ein Lehrer der Bön-Religion, hat das Beispiel von dem Hochbett benutzt. Also ein normales Bett, wo man dann leicht rausfällt. Man schläft mit dem Bewusstsein ein, dass dieses Bett sehr schmal ist und dass man nicht rausfallen darf.

Diese geistige Haltung, die bleibt dann die ganze Nacht präsent und man fällt tatsächlich nicht aus dem Bett.

Solch eine Art Präsenz muss man halt durch den Schlaf haben.

Oder aber am nächsten Tag hat man eine aufregende Reise und man weiß, um fünf Uhr muss man aufstehen ... es wird die ganze Nacht »mitgetragen« sozusagen. Es ist halt diese Art subtile, unbewusste, unterschwellige Ausrichtung, die die ganze Nacht durchläuft. Und darum geht es.

A: Aber diese Ausrichtung ist mit einem großen Vertrauen und Gelassenheit kombiniert, dass schon alles gut läuft? Weil, wenn man sich auf diese Ausrichtung fixiert, dann stört sie ja möglicherweise wieder.

T: Ja, fixieren ist tödlich. Man darf sich auf keinen Fall fixieren, sonst bleibt man die ganze Nacht wach. Darum ist das ja auch eine Praxis, die man trainiert und über Jahre verfolgen muss. Es geht also um die richtige Ausrichtung des Ganzen. In einer richtigen Art sich ausrichten und die ganze Nacht ausgerichtet bleiben. Und die führt dann zum Ergebnis, irgendwann mal, man muss schon sehr hartnäckig sein.

(Lacht.)

Und wie gesagt, wenn man sich nicht erholt oder wach bleibt, dann macht man etwas falsch.

Beschimpfung

Die Traumyoginin Barbara lässt sich über meine Dummheit aus (Gedächtnisprotokoll).

A[ndi]: Im fortgeschrittenen Vajrayana-Buddismus, den du ja auch praktizierst, gibt es Meditationen auf männliche und weibliche Buddhaaspekte, durch die man bestimmte übernatürliche Fähigkeiten bekommen soll. Wie geht das denn vonstatten? Wie bekommt man denn als nüchterner Mitteleuropäer zu einem Energiewesen Kontakt und erhöht dann noch seine geistigen Fähigkeiten? Für mich ist das einfach schlecht nachvollziehbar und ich wüsste auch nicht, nach welchem Programm ich da vorgehen sollte. Ich meine: Gibt es da Mantras oder sonstige Methoden, durch die das vonstattengehen soll?

T[raumyoginin]: Andi, du bist so doof, es ist unbeschreiblich. Du hast wirklich überhaupt nichts verstanden. 40 Jahre Buddhismus und nicht die einfachsten elementaren Dinge im Ansatz verstanden. Du bist wirklich ein hoffnungsloser Fall. Muss ich es wirklich noch mal sagen? Es geht um Herzensöffnung, um Offenheit gegenüber der Welt und den fühlenden Wesen – und um Herzensöffnung gegenüber den Buddhas und Energiewesen. Dein Verstand ist zweitrangig, eigentlich gar nicht so wichtig.

Also, Andi, wenn du jetzt an Gott glauben würdest und dein Tod kurz bevorstünde, was würdest du machen? Klar – du würdest deine Beziehung zu Gott intensivieren. Von morgens bis abends immer wieder zu Gott beten und dich so Gott nähern. Es ist genau dasselbe, nur, du bist zu doof, es zu verstehen.

Wenn du den Kontakt zu bestimmten Energiewesen oder den Buddhas intensivieren willst, musst du auch jeden Tag von morgens bis abends immer wieder dich mit ihnen beschäftigen. Und wenn du dann Glück hast und es oft und lange gemacht hast, dann erscheinen sie auch im Traum.

Du musst es wollen und wünschen und es machen – und besonders dein Herz öffnen. Sonst passiert gar nichts und es bleibt alles beim Alten.

Du bist wirklich dumm. Du denkst immer, es ist eine Technik, wie eine Sprache lernen. Das ist nur oberflächlich so. Das Wichtige ist Hingabe an die Buddhas, Herzensöffnung, intensive Beschäftigung, jeden Tag. Sonst hast du null Chance. Ich sag es dir.

Guck dir die Christen an, wie viele haben denn wirklich Gotteserfahrung, obwohl sie jeden Tag beten? Es ist eben nicht so einfach. Man muss sehr fleißig und auch etwas clever sein.

Aber ich glaube, ich rede gegen die Wand – du bist einfach zu doof und willst auch keinen Rat annehmen.

So, lass uns über was anderes reden.

Aspekte von Physik und Medizin

Physik, Tod und Vajrayana-Buddhismus

Letztens setzte ich mich nach einer Balkonmeditation an den Computer und stöberte im Internet. Und was sah ich da als neueste Entdeckung: »Das holographische Universum«. Nicht von Spinnern als Welttheorie entwickelt, sondern von amerikanischen Universitätsprofessoren.

Mitarbeiter der US-Universität Columbia, der Stanford University und der University of Southern California haben bei der Beobachtung und mathematischen Beschreibung von schwarzen Löchern ab dem Jahr 2012 die Theorie aufgestellt, dass unser bekanntes dreidimensionales, alltäglich erlebtes Universum nicht existent ist. Stattdessen wären wir lediglich die holographische Projektion der zweidimensionalen Hülle unseres Universums. Diese Theorie wird »holographisches Universum« genannt. Ob es sich letztlich als richtig erweist, kann ich nicht beurteilen. Möglicherweise sind heute einfach auch noch nicht die technischen Möglichkeiten vorhanden. Das Nachweisen ist manchmal nicht so einfach. Die Gravitationswellen etwa wurden von Albert Einstein erstmals 1915 berechnet und postuliert, aber erst 2015 nachgewiesen. Lustigerweise bekam Einstein dafür keinen Nobelpreis, die Forscher, die sie nachwiesen, jedoch schon.

Alle buddhistischen Lehren laufen auf einen Satz hinaus: »Erkenne die Welt, wie sie ist: temporär erscheinend, aber nicht real!« Eine verblüffende Übereinstimmung mit der neuen physikalischen Theorie.

Nur leider etwas sperrig – was bedeutet das für mich?

Wenn ich einen Hammer in die Hand nehme und mit ihm gegen eine Wand schlage, gibt es Spuren an der Wand, es gibt einen Ton, ich habe ein Gefühl in meiner Hand und und und ... Alles sehr real, erklärbar und vorhersagbar.

Wenn ich jetzt im kalten Winter durch mein Fenster auf einen Kamin schaue, aus dem Rauch aufsteigt, ist es schon anders: Ich sehe den Rauch; im nächsten Moment, wo ich vielleicht denke: Rauch, ist es Öl- oder Gasrauch ... ist er schon an einer anderen Stelle und kurz danach verschwunden. Rauch ist nur ein Wort: Er erscheint kurz und ist wieder weg. Das gleiche gilt für einen Blitz, sieht man ihn, ist er schon verschwunden. Auch physikalisch ist die Wirklichkeit nicht »Festigkeit«, wie ich es bei einem Hammer erlebe, sondern Erscheinung und Verschwunden-Sein in Leere, Nicht-Existenz. Wenn ich etwas erfasse und zuordne, hat es sich schon wieder verändert.

Was macht der Yogi daraus? Er spielt damit. Er spielt da mit. Der Wechsel von Erscheinung und Aufgelöst-Sein – Leerheit – ist für ihn eine Übung. Dabei macht er sich die Sprache zunutze. Mit ihren Grundbausteinen, den Buchstaben, Silben und Lauten, aus denen sie zusammengesetzt wird. Ich wiederhole eine Silbe, sagen wir einmal THA, viele Male – dann ist das ein Beispiel für Erscheinung und Leerheit in stetem Wechsel.

Durch die zusätzliche Vorstellung der Keimsilbe THA vor mir im Raum wird außerdem die Fähigkeit meines Geistes trainiert, Erscheinungen zu visualisieren. Und die Fähigkeit, diese Visualisierungen wieder in Nicht-Existenz aufzulösen. Ich erfahre, dass ich konkret in der Lage bin, mir eine Welt zu erschaffen, die einzig und allein Produkt meines Geistes ist! Genau eine dem Hologramm ähnliche Erfahrung.

Das kann man durch Wiederholung üben und perfektionieren. Als Fortgeschrittener kann ich ganze Welten so erschaffen und sich wieder auflösen lassen. Es klingt banal und trivial, verändert aber maßgeblich mein Erleben der Welt. Vom starren, festen Erfahrungsmuster zum vergänglichen Erscheinen und in Leerheit Verschwinden (die nicht Nichts ist, sondern das Potenzial zu allem hat). Das sind Übungen in Nicht-Identifizierung.

Hört sich exotisch an, ist aber nichts anderes als das, was jeder Mensch täglich macht. Wenn ich von meiner Wohnung zum Auto gehe, visualisiere ich den Parkplatz, den Weg dahin, meine Haustüre ... Könnte ich das nicht, wäre ich gehandicapt.

Der Yogi trainiert also durch wiederholtes Sprechen und Denken von Silben sowie deren visuelle Vorstellung, und die vieler weiterer Objekte, seinen eigenen Geist bezüglich seiner Visualisierungsfähigkeit – und bezüglich der Nicht-Wirklichkeit der äußeren und inneren Welt.

Das ist jedoch nur der Anfang. In verschiedenen Übungen erfährt er sich selber als ein (erscheinendes, aber nicht reales) holographisches Lichtwesen, als einen Buddha-Aspekt.

Klassisch entsteht aus der Leerheit, aus dem leeren Raum, eine leuchtende Keimsilbe, die sich zu einem Buddha-Aspekt wandelt, mit dem ich dann kommuniziere. In einigen Meditationen werde ich auch selber zum Buddha-Aspekt. Alles eine Frage der persönlichen Visualisierungsfähigkeit und des Vertrauens.

Es geht somit nicht darum, irgendwelchen asiatischen Krimskrams zu kopieren, sondern die unglaublichen Fähigkeiten meines eigenen Geistes zu entfalten. Diese Aspekte werden in unserer Kultur so normalerweise nicht trainiert und vermittelt.

Für alle gläubigen Katholiken: Es geht auch nicht darum, zum Buddha zu werden oder Gott gleich zu sein. Es geht darum die

Vorstellungskraft und Erfahrungsfähigkeit meines Geistes in vollem Umfang zu erleben. Ich persönlich habe den höchsten Respekt vor einem Christen, der Gotteserfahrung gemacht hat. Besonders dann, wenn er danach – oder dabei – bei Aldi einkaufen geht und sich sein Essen selbst zubereitet.

Ein Sinn und Zweck dieser buddhistischen Übungen ist die Essenz des eigenen Geistes und der des Buddhas als gleich zu erfahren und die Auflösung aller festen Formen und Vorstellungen zu üben. Es gibt leider keinen Bestandsschutz. Es tut mir leid.

Der physische Körper wird genutzt, aber die Gewöhnung an einen holographischen Lichtkörper wird vorangetrieben.

In letzterem erlebt man dann die Vorgänge des Sterbens und des Todes.

Bei der Vorstellung eines Buddha-Aspekts, der aus einer Keimsilbe entsteht, kommen öfter Fragen auf: Darf ich das denn, kann ich das denn, funktioniert das bei mir, hilft mir das, ist das überhaupt etwas für mich? Ich habe manchmal das Gefühl, mich rechtfertigen zu müssen, nicht richtig gläubig zu sein und es deshalb vielleicht besser nicht praktizieren zu sollen. Dabei geht es doch um etwas anderes: die Vorstellung von Festigkeit zu überwinden. Dadurch verringert sich das Verkleben mit der Welt, das Anhaften an ihr – die zentrale Ursache für mein persönliches Leiden.

Es ist die langsame Gewöhnung an »vorsätzliche«, nicht reale Lichtwesen, an die Möglichkeit, bewusst Erscheinungen entstehen und sich auflösen zu lassen, die mir im Tod hilft. Ich habe dann nämlich ausschließlich meinen eigenen Geist mit seinen Möglichkeiten, die ich nutzen kann. Mein Körper und meine Umwelt sind verschwunden oder nicht mehr funktionsfähig.

Erwachen aus dem Wachkoma – ein Schmankerl

Schwierigkeiten der Medizin, Bewusstseinszustände des Menschen zu erklären: Die paradoxe Wirkung von Zolpidem

Die Medizin und auch die Psychiatrie sind leider wegen einseitiger Forschungsschwerpunkte kaum in der Lage, verschiedene Bewusstseinszustände – Modi des Geistes – hinreichend zu erklären. Traum, Schlaf, Koma, Ekstase, Glückseligkeit u. a. sind nicht ausreichend erforscht. Dies bezieht sich sowohl auf die Zustände selbst als auch auf die Übergänge zwischen den Geisteszuständen.

Das liegt zum Teil an dem primär auf Krankheiten ausgerichteten Blickwinkel der Medizin, aber auch an der von unserer Kultur geprägten Herangehensweise und besonders offenkundig auch an der Abhängigkeit von der Pharmaindustrie.

Ein besonders schönes Schmankerl in diesem Zusammenhang ist die paradoxe Wirkung des Schlafmittels Zolpidem, die inzwischen von 11 Studien belegt wird, wie in einem Übersichtsartikel einer Studiengruppe der Universität Michigan (USA) von Juli 2017 berichtet wurde. Zolpidem ist nicht irgendein Schlafmittel, sondern seit vielen Jahren das am häufigsten verschriebene weltweit, mit einem Jahresumsatz von geschätzt 10 Milliarden US-Dollar. Obwohl das Medikament schon über 25 Jahre am Markt ist, wurde erst 2012 die paradoxe Wirkungsweise bei Menschen im Wachkoma bekannt. Bei 5–7 % der Wachkoma-Patienten, die teilweise schon Jahre keine Reaktionen mehr zeigten, kam es bei Verabreichung von Zolpidem zu Aufwachtendenzen. 1–4 Stunden hielt die Wirkung an. Bei Formen von Bewegungsstörungen der Parkinson-gruppe gab es Verbesserungen in bis zu 25 % der Fälle.

Ein Schlafmittel, das dazu führt, dass Menschen aus dem Koma erwachen? Unglaublich. Für Laien sowieso, aber eben auch für Mediziner. Man verabreicht ein Medikament, das auf das Bewusstsein wirkt – Hunderte Millionen Packungen pro Jahr –, ohne die Zusammenhänge nachvollziehen zu können. Natürlich gibt es eine Menge Theorien, aber gesichert ist nichts.

Dr. Mark Peterson, der den Artikel mit verfasste: »Dies ist eine der seltsamen Paradoxien, bei denen ein Schlafmittel entgegengesetzte Auswirkungen bei Lähmungen oder neurologischen Erkrankungen hat.« Es mangelt an Grundlagenforschung – und auch an Interesse dafür, was Wachheit, Traum, Schlaf, Koma, Ekstase, Glückseligkeit oder Sterben tatsächlich ist. Es gibt einfach zu viele Wissenschaftler, die in ihrer Forschung vom ökonomischen Denken dominiert werden, statt grundsätzlichen Fragen nachzugehen.

Also muss ich bezüglich meines Alterns, meines Sterbens und natürlich auch meiner hoffentlich bevorstehenden Glückseligkeit wieder einmal das Heft in die eigene Hand nehmen. Medikamente im Sterbeprozess lehne ich zwar nicht rundweg ab, setze aber als Yogi auf Erkenntnis der Natur meines Geistes – auch wenn mein Gehirn schrumpft.

Anhang: Praktische Meditation im klassischen Buddhismus

Vorwort zu den Meditationsübungen

Als ich vor 40 Jahren anfing zu meditieren, war ich zwar motiviert, weil ich Probleme mit Nervosität, Konzentration, Hass und Abneigung hatte und zusätzlich unter Schlafstörungen litt, empfand aber Meditieren auch als Problem.

Im Schneidersitz sitzen war unangenehm, ich wurde oft müde oder ungehalten. Es funktionierte nicht so richtig. Daraufhin wechselte ich häufiger die Methode und probierte Verschiedenes aus, bis ich das Beste für mich fand.

Viele Meditationskumpel und -kumpelinnen haben sich ihren eigenen Meditationsraum in der Wohnung eingerichtet. Einen Altar mit Buddha-Statue, Blumen, Kerzen, Räucherstäbchen, Wasserschälchen und was es sonst noch gibt. Ich finde das auch alles ganz schön, fühle mich wohl, solch eine Atmosphäre beschwingt mich. Nur gegen manche Räucherstäbchen habe ich eine Allergie und muss husten.

Aber – und da muss ich mich jetzt outen – ich habe leichte Messie-Tendenzen: Bei mir würden die Kerzen den Altar abfackeln, die Räucherstäbchen den Boden verschmutzen, die Blumen verwelken und die Wasserschälchen Algen ansetzen.

Also konzentriere ich mich auf die Arbeit mit meinem Geist – unabhängig von der Umgebung. Ich bevorzuge es, auf meinem nicht überdachten Balkon, am Meer oder auf einem Hügel zu meditieren. Die natürliche Weite um mich herum, die Unendlichkeit des Raums, die leichte Luftbewegung ..., das alles inspiriert mich. Es gibt meiner Meditation zusätzlich zur Ruhe noch einen Aspekt des Grenzenlos-Seins, des Frei-Seins, der Leichtigkeit.

Bei schlechtem Wetter, oder wenn ich Nackenschmerzen habe, meditiere ich auch ab und zu in der Wohnung, ich bin da nicht festgelegt. Wenn ich nicht gerade ein kurzes Nickerchen mache, meditiere ich mit offenen Augen, halte sie völlig ruhig und nicht fixiert. Entscheidend ist die umfassende Entspannung.

Die einfache Erklärung der Ruhemeditation auf den Atem (*Shine*) des Großmeisters Gendün Rinpoche (1918–1997) habe ich hier abgedruckt. Zum gleichen Thema gebe ich Gespräche wieder, die ich vor einigen Jahren mit Lama Kunga in Köln geführt habe, er ist ein erfahrener Meditationslehrer.

Die Dominanz sozialer Medien und Kontakte sowie deren Überwindung erläutere ich durch Zitate von Atisha Dipamkara (Tibet 980–1054).

So bekommt ihr einen Überblick über die buddhistische Praxis, sowohl als Anfänger als auch als erfahrene Interessierte.

Meditationen für Wibbelige

Für echte Hardcore-Festhalter gibt es die langweiligste Meditation überhaupt, aber ruhig mal ausprobieren: Einen daumengroßen Stein legt man langsam von der rechten in die linke Hand, schließt sie, öffnet sie und legt den Stein dann langsam zurück in die rechte Hand. Und wieder von vorne. So fünf bis zehn Minuten lang. Geben und Nehmen. Dabei Atem beobachten, entspannen ... Wirklich langweilig. Aber trotzdem gut.

Für Menschen wie mich, die ein bisschen wibbelig sind, wird Ruhemeditation leicht zu einer etwas zwanghaften Angelegenheit. Doch hier liegt ein fundamentales Missverständnis vor. Meditation muss nicht ruhig sitzen bedeuten. Ich kann auch beim Gehen, beim Steinchen hin und her Legen, beim Trommeln, Glöckchen klingeln und bei allem, was ich möchte, meditieren. Es geht um die Achtsamkeit, um das Dabei-Sein, um das Wissen-Um; egal wo und wann. Das übt man im geschützten Raum, dem Sandkasten, den man Meditation nennt. Es ist ein Entspannen, Loslassen-Dürfen, auch in der Aktion. Es ist ja keine Pflicht- oder Verantwortungsaktion, es ist ein spielerisches Dabei-Sein. Zwanglos. Das übt man – etwas strange: »üben nichts üben zu müssen«, loslassen ohne zur Rechenschaft gezogen zu werden.

Dieser Programmwechsel im eigenen Geist muss klar sein! Ernsthafte, krampfhafte Meditierer enden als Zombie oder Kontrollfreak. Die Leichtigkeit, die Lockerheit, das Spielerische wird durch die Meditation gefördert. Das ist die Ausrichtung, so ist das Programm, dieser Programmwechsel ist entscheidend. Pornos laufen eben auch nur abends auf Beate Ute ... wenn es die noch gibt – bei der ARD kann man lange suchen.

Meditation auf den Atem von Gendün Rinpoche (1918-1997)

Shine auf Tibetisch oder *Shamatha* auf Sanskrit beschreibt eine Meditationsgruppe, die mit Ruhemeditation oder Friedensmeditation übersetzt werden kann. Es geht um entspanntes, klares Verweilen in der Gegenwart mit oder auch ohne festes (genaues) Meditationsobjekt bzw. Meditationsablauf. Sie stellt im Buddhismus die Grundlage für alle weiteren Meditationen dar.

Shine – Meditation auf den Atem, von Gendün Rinpoche (Original):

Bei der Meditation auf den Atem verfolgen wir dessen stetes, natürliches Ein- und Ausströmen, ohne ihn in irgendeiner Weise zu beeinflussen. Wir setzen weder Körper noch Geist unter Druck, sondern bleiben vollkommen entspannt und sind einfach des Ein- und Ausströmens gewahr – ohne anderen Gedanken zu folgen. Wir lassen den Geist sich mehr und mehr mit der Atembewegung verbinden, bis er vollkommen darin aufgegangen ist. Als Hilfe können wir dabei zunächst die Atemzüge zählen, zum Beispiel bis 21, und versuchen uns dabei von nichts ablenken zu lassen. Dann ist es gut, eine kleine Pause zu machen. Wenn wir entspannen und kontinuierlich des Atems gewahr sind, können wir auch für längere Perioden meditieren, wobei wir die Atemzüge aber nicht weiter zählen, sondern einfach achtsam bleiben.

~~~ Meditation ~~~

Achtsam sein bedeutet nicht, sich mit aller Macht auf sein Objekt zu konzentrieren. Gedanken wie »Ich darf die Achtsamkeit auf den Atem unter keinen Umständen verlieren« nähren nur unsere Unruhe, stören unsere Meditation und das natürliche Ein- und Ausstreichen des Atems. So kommentieren wir unsere Meditation und schaffen eine Distanz, die verhindert, dass wir in der Meditation aufgehen. Eigentlich brauchen wir nur ohne große Anstrengung des Atems gewahr zu sein, und dabei ist vor allem eine sanfte, regelmäßige Praxis wichtig. Die entstehende Stabilität wird uns helfen tiefer in die Meditation einzudringen.

<p align="center">~~~ Meditation ~~~</p>

Wir lassen den natürlichen Strom der Gedanken vorbeiziehen, ohne nach ihnen zu greifen oder sie zu beurteilen. Wenn wir frei von Anhaftung sind, können Gedanken dann noch bleiben? Wie kann der Geist noch unruhig sein, wenn wir an nichts mehr festhalten? Gewöhnlich halten wir an jedem Gedanken fest, urteilen mit gut oder schlecht, was eine ganze Kette von Gedanken nach sich zieht, die den Geist in Unruhe versetzt. Indem wir Gedanken loslassen, erscheinen sie lediglich als schöpferische Bewegung des nichthaftenden Geistes.

<p align="center">~~~ Meditation ~~~</p>

Beim Meditieren lassen wir alle Beschäftigung mit der Vergangenheit, Gegenwart und Zukunft fallen.

Die Vergangenheit ist unwiderruflich vorbei und wird nicht wiederkommen. Folglich ist es sinnlos, vergangenen Dingen nachzuhängen und sie immer wieder gedanklich durchzukauen.

Zukünftige Geschehnisse vorbestimmen zu wollen, ist ebenso sinnloses Unterfangen. Es nützt nichts, sich darüber den Kopf zu zerbrechen. Die Zukunft kommt von ganz alleine.

Wir lassen den Geist einfach im gegenwärtigen Moment verweilen, präsent im unfassbaren Jetzt, welches weder Vergangenheit noch Zukunft ist. Dieser gegenwärtige Moment kann nicht vom Intellekt erfasst werden. Er ist einfach so, wie er ist. Verweilen wir in ihm, so erscheinen die Dinge von selbst und lösen sich auch von selbst wieder auf. Es gibt keine Einmischung, keinen Druck, kein Festhalten und Ablehnen mehr, nur noch das Spiel der Gedanken, die ungehindert kommen und gehen.

~~~ Meditation ~~~

Wenn wir das Haften an Gedanken loslassen, so erscheinen und vergehen sie einfach, ohne dass sich eine Gedankenkette daran heften würde. Es erhebt sich die Welle eines Gedankens im Geist und ebbt wieder ab. Der Geist sieht, dass es eine Bewegung gab – und das ist alles. Es gibt keine Einmischung mehr, und so löst sich der erscheinende Gedanke von selbst wieder auf.

Wenn der Geist aufkommende Gedanken nicht als Aufforderung sieht, zu reagieren und weitere Gedanken an sie zu knüpfen, wird er sie als Bewegung seiner selbst erkennen. Sich selbst in der Bewegung erkennend, bleibt er gelöst und findet Ruhe.

~~~ Meditation ~~~

Gedanken haben keine eigentliche Natur. Sie sind wie die Wolken am Himmel – ohne Ursprung und ohne Ziel. Sie sind das Erzeugnis des Geistes und haben letztendlich keine Wirklichkeit, keinen dauerhaften Bestand. Wenn wir sie nicht festhalten, werden sie wie Wolken verfliegen und wir werden sie als das natürliche Spiel des Geistes erkennen. Alle Verwirrung in Bezug auf ihre vermeintliche

Wirklichkeit löst sich auf und wir öffnen uns für die Erfahrung spontaner Leichtigkeit.

Wir verweilen im Sinne der Worte für eine kurze Weile.

Gendün Rinpoche: Herzensunterweisung eines Mahamudra-Meisters (© Norbu Verlag 2011)

Meditationserklärungen (1) von Lama Kunga zur *Shamatha-Meditation* (tibetisch *shine-gom*)

Auf einem Spaziergang um den Fühlinger See im Norden Kölns erklärte mir Lama Kunga die Grundlagen der Meditation des friedlichen Verweilens, in Sanskrit *Shamatha*, in Tibetisch *Shine* (Darstellung nach eigener Erinnerung).

Am Anfang geht es darum, genau zu verstehen, was Shamatha-Meditation bedeutet. Erst danach kommen wir zu den konkreten Übungen.

Wir sitzen beispielsweise an einem See im Sommer auf einer Bank (ich tat das mit Lama Kunga) und schauen einer jungen Ente zu. Sie frisst Gras und Insekten, sie schwimmt und watschelt an Land. Wir sehen die Ente, wissen, dass es ein Tier ist, sehen das Wasser und hören die Außengeräusche. Das alles völlig natürlich, d. h. weder wollen wir etwas ändern, also meditativ sein oder so, noch folgen wir irgendwelchen assoziativen Gedanken oder Erklärungen.

Erkennen wir die visuellen, akustischen und anderen Prozesse, wenn sie ablaufen, dann befinden wir uns ganz von selbst in der Shamatha-Meditation.

Sind wir jedoch mit den Gedanken in Amerika, so sind wir in Ablenkung.

Auch wenn wir etwas wollen, z. B. eine gute Meditation machen, sind wir in Ablenkung und nicht in Shamatha.

Sind wir in Ablenkung und stellen fest: Aha, jetzt bin ich mit den Gedanken in Amerika, können wir einen ganz kurzen Impuls geben: Außengeräusche, Ente und Wasser vor mir. Wir bringen dann unseren Geist zur Shamatha zurück.

Er ruht dann in der Gegenwart ganz natürlich, weitere Willens-impulse oder Willensgedanken sind wieder Ablenkung.

Wir brauchen uns auch nicht zu checken: Bin ich in Shamatha oder abgelenkt? Wir bleiben einfach bei den gegenwärtigen Reizen, beobachten die Ente und hören die Außengeräusche.

Diese Natürlichkeit trainieren wir bei Shamatha. Es ist völlig normal und kindereinfach.

Sind wir stark abgelenkt, kommen viele Gedanken oder sogar eine Flut von Gedanken – Gedankenautobahn –, dann erkennen wir: Aha, Gedankenautobahn. Macht nichts. Dieses Erkennen ist unsere Shamatha.

Shamatha will nichts, überprüft nichts, will nichts ändern und verfolgt nichts!

Diese Nicht-Meditation ist die wahre Shamatha. Völlig banal, normal und natürlich. Das bloße Dabei-Sein ist die Meditation. Ohne Furcht und Hoffnung.

Auch Krankheit und Tod werden kommen. Und wir können es nicht ändern. Es gibt also nichts zu tun, sondern nur es zu verstehen.

Meditationserklärungen (2) von Lama Kunga

Lama Kungas Kommentar zu Fragen bezüglich Vorbereitungen auf fortgeschrittene Übungen wie z. B. Tummo – Innere Hitze – und Phowa – Herausschleudern des Geistes aus dem Körper zum Todeszeitpunkt (diese Anweisungen sind eine Zusammenfassung nach einem Gedächtnisprotokoll.)

Wenn nicht entsprechende Vorbereitungen getroffen werden, bringen fortgeschrittene Übungen wie Tummo oder Phowa überhaupt nichts.

Das Wichtigste ist: Sich selbst kennen. Sich selbst kennenlernen: Ich mag mich nicht. Ich mag andere Menschen nicht. Warum magst du dich selbst nicht? Warum magst du andere Menschen nicht? Es merken, wenn es abläuft: Aha, das bin wieder ich, die Abneigung gegen diesen Menschen. Aha, das kenne ich, das ist wieder Andi.

Aha, ich kritisiere mich, das ist wieder Andi, das kenne ich.

Es fängt morgens beim Aufstehen an und endet beim Schlafengehen. Ich lerne mich immer wieder kennen, erkenne meine Abneigungen und Zuneigungen. Weiß: Das bin ich. Das kenne ich, mein Muster.

Wenn ich es erkenne, breite ich immer wieder Frieden aus, entspanne mich in die Abneigung. Wünsche den Menschen um mich herum alles Gute.

Immer wieder Frieden ausbreiten lassen.

Die Abneigung, der Hass, die Eifersucht, aber auch der trübe, der müde Geist sind wie Knoten, die verhindern, dass unsere Energie im Körper und im Geist fließt. Die Knoten verhindern, dass sich Liebe und Frieden sowie klares Erkennen manifestieren. Die Knoten müssen sich auflösen, damit unsere Energien in Körper und Geist ohne Hindernisse fließen können.

Ich löse sie auf, indem ich mich von morgens bis abends erkenne: Aha, das ist Andi, genau. Ich kann mich akzeptieren, ich, Andi.

Die Vorbedingung für fortgeschrittene Übungen ist, sich sehr gut kennenzulernen. Wenn man das wirklich täglich oft übt, kommt diese (unbedingte) Freude in der Akzeptanz auf. Ohne die geht es nicht, sind alle Übungen sinnlos.

Wenn du auf diesem Level bis, dann musst du lernen dich gut zu konzentrieren. In eigener Akzeptanz geht das auch besser, du machst freudig diese Konzentrationsübungen, nimmst sie als Herausforderung für deinen Geist und spulst kein Pflichtprogramm ab.

In Freude mit deinem Geist arbeiten. Das ist der richtige Ansatz. Pflichtbewusstsein ist richtig und notwendig, aber es geht am Kern der Sache vorbei. Erst entsteht dieses andauernde Gefühl der unbedingten Freude, dann geht es weiter.

Dann musst du wirklich lernen dich gut zu konzentrieren, indem du deine Achtsamkeit z. B. auf sehr kleine Dinge richtest – real oder vorgestellt.

Durch diese Konzentration lernt dein Geist klar zu visualisieren, sich langsam wirklich viele Dinge gleichzeitig klar vorzustellen. Das kann man lernen. Wir unterstützen es dann auch mit gesprochenen Lauten. Das alles führt zu klaren visuellen Vorstellungen, auf die man sich konzentriert, die man verändert und dann sich in Leerheit auflösen lässt. Es ist tatsächlich Geistestraining, das dann zu einer erheblich größeren Klarheit im Geist führt, die mit Freude verbunden ist.

Da muss man etwas Zeit und Eifer investieren, sonst gibt es keine dauerhaften Fortschritte.

Die acht weltlichen Fallen – die acht Dharmas.
Nach Atisha Dipamkara (980–1054)

Heute bemühen sich große Modelabels oder auch Verlage ihre weltweite Bedeutung durch Orte zu unterstreichen. Wie: Springer Verlag: New York – London – Paris.

Vor 1000 Jahren war das in der Buddhistischen Welt: Sumatra – Indien – Tibet, die Wirkungsstätten des Großmeisters Atisha Dipamkara.

Er war ein Universalgenie und hat den Klebstoff unseres sozialen Lebens in acht Worte zusammengefasst, die zu vier Paaren angeordnet sind. Sie sind ein wichtiger Teil der buddhistischen Lehre, die er in Indien und Sumatra studiert hatte.

Alle unsere sozial bedingten Freuden und Leiden lassen sich auf diese 8 Worte zurückführen. Atisha verurteilt das jedoch nicht, sondern erklärt lediglich, woher unsere Probleme, unser individuelles Leid kommen. Es ist die Beschreibung unseres *Sozialen Ich*, das uns treibt und leider oft auch quält:

Lob – Tadel
Erwerb – Verlust
Glück – Leid
Ruhm – Schande

Wenn man morgens einen Menschen trifft, der einen lobt, sei es wegen der äußeren Erscheinung oder aufgrund des eigenen Verhaltens, so ist man möglicherweise den ganzen Tag gut gelaunt. Ist das nicht eine absurde Abhängigkeit von fremdem Lob?

Noch extremer ist es mit dem Wunsch nach eigenem Glück. Ein großer Teil der täglichen Aktivitäten, Gespräche und Gedanken dienen dazu, sich selbst glücklich zu machen, Unglück zu vermeiden, Bedingungen, Garantien für Glück zu schaffen. Hat man morgens Schmerzen oder wird man kritisiert, dann ist das schon fast eine Garantie für einen schlechten Tag.

Von diesen geistigen Programmen sind wir so abhängig, dass wir uns nicht einmal im Entferntesten eine Alternative vorstellen können.

Die Alternative wäre z. B. das absolute Glück, das heißt Glück, das nicht von äußeren Umständen abhängig ist und keine körperliche Beschwerdefreiheit voraussetzt. Aber daran glauben wir nicht, damit wollen wir uns nicht beschäftigen, das ist uns zu esoterisch – schade.

Nicht nur, dass wir unser Glück kreieren wollen, wir leben auch mit einer permanenten unterschwelligen Angst, unglücklich zu sein oder zu werden – Unglück nicht abwenden zu können. Diese Angst ist wie großflächiger radioaktiver Niederschlag, der uns unterschwellig unser ganzes Leben vermiest. Wir wollen das Glück der Zukunft kreieren und können so das Glück der Gegenwart nicht genießen.

Um wirklich eine verbriefte, notariell beglaubigte, beim Anwalt hinterlegte Garantie für unser zukünftiges Glück zu haben, streben wir nach Gewinn. Wir wollen unser Glück anfassen können: unser Haus, unser Auto, unser Geld. Nur dann können wir uns darauf verlassen. Aber wir streben nicht nur danach, Gewinn zu machen und materielle Güter anzusammeln, wir haben auch Angst vor ihrem Verlust. Der Hund, der in unseren Vorgarten Kaka macht, unser Auto, dessen Lack rechts an der Seite von einem Freak verkratzt wird, die Frau, die fremd gehen könnte, die Versicherung, die Konkurs gehen könnte.

Und das Dumme ist leider, dass im Tod genau das alles eintritt – sogar die Allianzversicherung geht Konkurs: Tod siegt über Lebensversicherung.

Auch auf der kurzfristigen, momentanen Ebene möchte ich mein Glück konservieren: die Menschen sollen mich beachten, freundlich zu mir sein, mich als Teil ihrer Gruppe annehmen. Das Schlimmste wäre, wenn Facebook zu mir sagt: »Du hast keine Freunde.«

Ignoriert werden, nicht dazu gehören, stumme Verachtung: Die Erfahrung, sogar schon der Gedanke daran, ist schrecklich. Den Heroinsüchtigen, den Kokser, den Kiffer, den Alkoholiker verachte ich. Aber bin ich nicht selbst Mehrfach-Abhängiger von sozialem Zuspruch?

Der Weg des Buddha ist Entsagung.

Man muss keine Nonne oder Mönch werden. Man braucht noch nicht einmal sein Leben zu ändern. Der Anfang ist: Aha, jetzt bin ich abhängig von sozialer Bestätigung. Diese Erkenntnis dauert wenige Sekunden. Das war's.

Die Abhängigkeit, das normale Leben darf weitergehen. Durch die Erkenntnis ist ein bisschen Entspannung in die Sache gekommen, der Geist hat ein bisschen seine Enge verloren. Darum geht es. Die Prozesse sehen, wenn sie ablaufen. Und irgendwann verstehen: Eigentlich geht es auch ohne Drogen.

Lob, Tadel, Sicherheiten, persönliches Glücks-Arrangement ... ja prima, so ticke ich. Warum nicht. Ich sitze entspannt da und sehe mir die Spielchen an. Mein persönliches Kino. Anspannen, Loslassen, Anspannen, Loslassen ... großes Kino.

Zuflucht und Bodhicitta nach Atisha Dipamkara

Atisha, einer der Urväter des tibetischen Buddhismus und Abt mehrerer Klöster, hat nicht nur den Buddhismus intensiv studiert, praktiziert und gelehrt, sondern auch in seiner Frühzeit hinduistische Methoden und Systeme ausgiebig gelernt. Am Ende seines Lebens war er bekannt dafür, dass er auf die Grundlagen buddhistischer Mahayana-Meditationen großen Wert legte, auch um sich vom Hinduismus abzugrenzen: Zuflucht und Bodhicitta.

Die Zuflucht ist eine Festlegung auf die Lehre Buddhas als den Weg, den man beschreiten will. Vor jeder buddhistischen Meditation nimmt der Schüler Zuflucht zum Buddha, zur Lehre Buddhas und zu den heute lebenden Schülern Buddhas bzw. den gegenwärtigen Meistern. Atisha hat die Gründe dafür genau erklärt und legte Wert auf die Zufluchtnahme als Voraussetzung weiterführender Meditationen und Belehrungen.

Das Entwickeln von Bodhicitta besteht darin, die Sorge für das Wohl anderer über das eigene Wohl zu stellen: »Möge ich durch den Verdienst meiner Meditation alle unendlichen Lebewesen in allen unendlichen Zeiten und Orten von ihrem unendlichen Leid befreien, damit sie so die Stufe der unendlichen Qualitäten der Buddhas erlangen.«

Die wichtigsten Aussagen der Zuflucht zum Buddha und seiner Lehre besteht im Versprechen, anderen Lebewesen nicht zu schaden. Weder durch Taten noch durch Worte, noch durch Absichten. An erster Stelle steht die Absicht nicht zu töten. Daher sind Mahayana-Buddhisten in der Regel auch Vegetarier und töten keine Tiere, nicht einmal Insekten.

Übrigens ...

Nachwort: Yogis helfen sich selbst – Aufruf zum Yogiclub

Das Leben als Yogi zeichnet sich durch Yogapraxis und das Reduzieren der Anhaftung am materiellen System aus. Konkret macht er täglich Übungen und reduziert alltägliche Verpflichtungen.

Diese Übungen können Spaziergänge sein, ruhig auf dem Balkon sitzen, Körperübungen, aber auch feste Meditationsabläufe von fünf Minuten bis zu Stunden. Die Ausrichtung des Geistes ist das Entscheidende, nicht so sehr der Körper und die Aktivität bzw. Passivität.

Neben einem *offenen Yogidasein*, wo ein ganz normales Leben geführt wird, mit bestimmten Zeitspannen für Geistesübungen, gibt es das *Retreat-Yogidasein*, wo üblicherweise strikte Zurückziehung (außer bei Krankheit etc.) praktiziert wird. Etwa zum Erlernen der Tummo-Praxis (Entfachen der inneren Hitze) sind ca. zwei Jahre striktes Retreat notwendig – unter Anleitung kompetenter Lehrer. Yogi-Retreat-Zeiten können zwischen einem Tag und drei Jahren frei gewählt werden. Anfänger beginnen üblicherweise mit Tagen und steigern sich nur langsam nach Absprache mit den Lehrern auf Wochen und Monate.

Die Beschäftigungen in einem Yogi-Retreat können durchaus nach individuellen Wünschen und Kapazitäten gestaltet werden. Sinnvoll ist die regelmäßige Betreuung durch einen Meditationsmeister.

Ich persönlich habe keine Probleme, mit Anhängern aller Schulen des tibetischen Vajrayana-Buddhismus bezüglich eines

Yogi-Retreats zusammenzuarbeiten. Auch mit anderen Religionen kann ich mir Kooperation vorstellen, sofern buddhistische Grundsätze, wie Nicht-Verletzen anderer, Toleranz und Nicht-Töten von Tieren eingehalten werden.

Es ist immer die Frage, ob Menschen sich verstehen, die zusammen etwas organisieren. Es muss einfach passen. Ich bin persönlich interessiert einen Yogi-Club zu gründen, um Yogileben und Yogi-Retreat in Deutschland und Europa für Interessierte möglich zu machen.

Denkbar ist eine Gruppe auf Facebook oder WhatsApp, eine Webseite, aber auch regelmäßige Treffen. Ein mögliches Projekt wäre der Kauf oder das Mieten eines Bauernhofs, um in Retreat-Hütten ungestört auch unter freiem Himmel und naturnah in Abgeschiedenheit praktizieren zu können. Interessenten können gerne Kontakt aufnehmen: yogiretreat@gmx.de.

Zum Namen des Autors

Andrey Shinegom ist mein Spitzname. Er wurde Anfang der 80er Jahre in Nepal kreiert, als ich einen hohen Meister nach einer Shine-Meditation fragte. Andrey Shinegom ist auch der Name der Kunstfigur des Balkonyogi, die teilautobiographisch ist. »Andrey«, weil in Nepal mein eigentlicher Vorname Andreas vernuschelt wurde und sich dann wie Andrey anhörte. »Shinegom« bedeutet: Ruhemeditation oder Friedensmeditation, eine Anfängermeditation auf den Atem oder auf reale oder vorgestellte Objekte.

Ich fragte zu dieser Zeit einen hohen Meister nach einer Ruhemeditation, die ich auch erklärt bekam. Jemand, der aber nur solche Meditationen betreibt, gilt bei den Tibetern als Dummkopf oder Schlafmütze. Deshalb mussten die Nonnen, in deren Kloster ich mich in Nepal aufhielt, immer lachen, wenn sie mich ansprachen und meinen Namen nannten – nur, ich kannte den Grund ihres Lachens lange nicht. Richtig wäre auch nicht Shinegom, sondern Shine-gom-khen – der Mann, der die Shine-Meditation betreibt – gewesen. Aber das wurde dann auch wieder vernuschelt. So kam ich zu diesem eigenartigen Spitznamen.